Jacques Chessex

Der Kinderfresser

Jacques Chessex

Der Kinderfresser

Roman

Aus dem Französischen
von Marcel Schwander

Benziger Verlag

ISBN 3 545 36450 X

Der Titel der Originalausgabe lautet:
«L'Ogre», Editions Grasset & Fasquelle, Paris 1973

Warum tust du dich nicht von mir und lässest mich nicht?

Hiob 7, 19

I.
DAS KREMATORIUM

Laß ab von mir,
denn meine Tage sind eitel.

Hiob 7,16

Seine Drangsal begann am Abend.

Von allem Anfang an sah er sich auf wunderliche Weise allein, als er vor dem Essen saß, das er in der Hotelbar im *Angleterre* bestellt hatte. An den andern Tischen wurde gelacht; strahlend gebräunte Frauen antworteten schönen Männern. Junge Leute hielten sich die Hände. Jean Calmet, beklommen und trübsinnig, schob pedantisch drei Eglifilets über seinen Teller, noch einmal bespritzte er sie mit Zitrone, dann stieß seine Gabel ein Fischlein weg, um es hämisch neben den andern aufzureihen, ohne daß er sich entschloß, es zum Munde zu führen. Der Wein wurde lauwarm in seinem Glas. Seit einer Stunde verfolgte ihn ein Bild. Jean Calmet wollte es nicht sehen, er stieß es von sich, verdrängte es in die dunkeln Schichten seiner Erinnerung, denn er wußte, daß er leiden müßte, sobald er es klar vor Augen hätte. Aber das Dämmerbild tauchte wieder auf, drängte sich vor, Jean Calmet konnte es jetzt nicht mehr übersehen, der Schattengrund ließ es noch deutlicher werden. Auf einmal wurde ihm die Einsamkeit unerträglich, und das ganze Bild stand hell vor ihm.

Die Szene lag weit zurück, aber sie hatte sich tausendfach wiederholt, als er noch bei seiner Familie in Lutry lebte, im Haus am See, das von Geschrei und Gezänk durchbebt war und umrauscht vom Wind in

Pappeln und Fichten. Man hatte sich zum Abendessen niedergesetzt. Der Vater thronte oben am Tisch, riesengroß. Der Abendschein rötete seine glänzende Stirn, auch die schweren Arme leuchteten im orangefarbenen Licht, seine Kraft war augenfällig, glückstrahlend; Muskeln und Speck seiner Brust hoben das Hemd, das sich über einem Wald grauer Haare öffnete, und die Brustwarzen zeichneten sich als zwei Spitzen unter der Baumwolle ab. Rund um ihn schien das Zimmer in Nacht getaucht. Doch gegen den Schatten, der vom Boden und von den äußersten Winkeln des weiten Raumes stieg, stellte sich jene helle, dichte Masse, jene unanfechtbare und abscheuliche andere Sonne, die aufglühte, glänzte und sich in all ihrer Macht erleuchtete.

Am andern Ende des Tisches hörte Jean Calmet mit Widerwillen die Geräusche, die sein Vater beim Essen machte. Das Schmatzen und Schlürfen ekelte ihn an wie schmierige Zoten. Man sprach kaum, Brüder und Schwestern belauerten sich, die Mutter aß hastig, stand immer wieder auf, beinelte von der Küche in die Stube, eine graue, verängstigte Maus. Martha, die Haushalthilfe aus der Deutschschweiz, starrte vorwurfsvoll in ihren Teller. Der Doktor kaute und schluckte, ohne innezuhalten, doch sein unerbittlicher Blick legte sich auf jedes der Seinen, der Reihe nach musterte er die Tafelrunde von oben nach unten, von unten nach oben, und Jean Calmet verzweifelte, daß ihn diese allmächtigen Augen von neuem durchbohren würden, um in ihm zu wühlen und ihn zu erforschen. In ihrem blauen Brand erblaßte er, fühlte er sich durchsichtig, völlig entwaffnet, nicht das Geringste konnte er vor den schrecklichen Luchsaugen verheimlichen. Der Doktor wußte alles über ihn, der Doktor las in seinem Innern, denn er war der Meister, und der Meister blieb breit und massig, hoch und hehr in seiner strotzenden Kraft, er leuchtete kupferrot in der Abendsonne.

Scham und Verzweiflung stachen Jean Calmet ins Herz. Sein Vater kannte die verpuppten Triebe. Er kannte das Versteck der klebrigen Taschentücher. Er sah alles mit einem einzigen Blick. Jean Calmet senkte den Blick über seinem Teller, doch er konnte dem Inquisitor nicht entgehen. Trübsal schnürte ihm die Kehle zu; er spürte Lust, sich dem Alten an den Hals zu werfen und sich auf der breiten Brust alle Tränen aus dem Leib zu weinen. Denn Jean Calmet liebte seinen Vater. Er liebte ihn, die massige, lauernde Kraft, er haßte und neidete den Heißhunger, er liebte die Herrscherstimme, vor der er sich gleichzeitig fürchtete. Kleinmütige Furcht hinderte ihn, dem Doktor entgegenzufliegen und sich in seine Arme zu kuscheln. Er schämte sich über diese Feigheit wie über einen Verrat.

Das Abendessen war längst beendet, der Doktor schlürfte geräuschvoll seinen Kaffee, ohne daß jemand aufzustehen wagte. Das Dienstmädchen hastete auf Zehenspitzen umher. Endlich wurden die Lampen angezündet, das war das Signal dafür, daß jeder mit einem flüchtigen Gutnachtgruß aus der Stube eilte und sich in sein Zimmer verkroch wie in einen Dachsbau. Aber Jean erholte sich nicht von der Prüfung. Er hatte den Eindruck, der Blick seines Richters verfolge und erforsche ihn durch alle Mauern hindurch. Spät am Abend suchte er noch in seinen Büchern Zuflucht oder Zerstreuung. Er legte sich zu Bett. Wenn er seinem Trieb nachgab, dann verkrampften sich alle seine Fibern beim Gedanken, daß ihn sein Vater überraschen könnte, und schlimmer noch: daß ihn sein Vater gesehen hatte und beobachtete.

Er war fünfzehn. Zu jener Zeit kam es manchmal vor, daß er kleine Diebstähle beging und damit etwas jenem Blick zu entziehen versuchte. Um sich an einem Geheimnis zu stärken. Er trat in eine Buchhandlung und schmökerte da und dort mit unbefangener Miene. Flugs steckte er einen Gedichtband oder eine Zeitschrift ein, und auf der Straße fand er sich wieder mit einem Gefühl dunkler Schwere, die ihn vor seinem Vater schützte. Endlich gehörte etwas ihm allein, entwendet und dem Zensor verheimlicht! Doch Jean Calmet liebte seinen Vater. Warum hatte er es ihm nicht gesagt? Tränen füllten seine Augen, einen Moment setzte sein Denken aus. Dann begann er den kalten Fisch zu essen und versuchte, mit sich ins reine zu kommen. Ich bin achtunddreißig, sagte er sich. Ich bin Lehrer am Gymnasium. Sechzig Schelme und

Schelmenmädchen denken dank mir. Doch die Erinnerung an die jungen Leute heiterte ihn nicht auf, er fühlte sich im Gegenteil allzu einsam, auf eine allzu eigenartige Weise bekümmert, als daß er sich als Vorbild und in irgendeiner Beziehung zu Ratschlägen befugt sehen konnte. Auch der Wein vermochte ihn nicht mehr aufzumuntern.

Er zahlte und ging, um sich in seinen vier Wänden einzuschliessen.

Er legte sich ins Bett und konnte nicht einschlafen. Die Abdankungsfeier vom Morgen fiel ihm wieder ein. Das Gefühl der Befreiung, das er im Krematorium empfunden hatte, quälte ihn nun wie eine Schandtat. Nach dem Rat, den er in Zeitschriften gelesen hatte, bemühte er sich, bei ausgeschaltetem Willen Leib und Glieder lasten zu lassen, und er begann in den Frieden einzusinken, als er dachte: Ich stelle mich tot. Mit einem Schlag lebte sein Schmerz von neuem auf. Er sah wieder den Friedhof Bois-de-Vaux, saubere Alleen, Tausende von Gräbern: in jeder Grube ein Gerippe, eine faulende Leiche, die noch kümmerlich die Umrisse des früheren Menschen beibehielt. Der «letzte Schlaf» hatte etwas Vertrauliches, er war wie eine einfache und gute Gewohnheit und deutete auf die lächerlich geringe Macht des Todes hin. Darin war etwas Beruhigendes, Gleichgestimmtes, das ihm ans Herz griff. Das Grab wie ein Bett zu Hause. Die Knochen blieben. Der Schädel, die Zähne, die Frakturen, die Körpergröße, alles war klar erkennbar, die vom Zahnarzt eingesetzten Plomben waren festzustellen, Ringe und Kleiderfetzen. Diese Art des rein physischen Überlebens schien Jean Calmet plötzlich ebenso kostbar wie die Ewigkeit. Und er, was hatte er mit seinem Vater gemacht? Was hatten sie beschlossen, seine Geschwister – und er hatte es gutgeheißen? Wenn man sie hörte, so gab es nichts Übleres als jenen Leib, der unter etwas Erde verfault. Man mußte an Mutter denken. Das Bild des moderden Doktors verfolgte ihn unaufhörlich. Doch die Hygiene! Der Herbst war außerordentlich heiß. Ein Grund mehr. Bei solchem Wetter verrotten die Toten noch schneller. Jean Calmet pflichtete erleichtert bei. Der Doktor würde sich in Asche verwandeln. Man durfte ihm in der guten Erde nicht die geringste Chance lassen, daß er seine abscheuliche, ungebührliche Gewalt bewahren konnte. Diese Kraft galt es zu zerstören, die Muskeln und auch die Augen, über denen man unnötigerweise für einige Stunden die dikken Lider geschlossen hatte. Den Vater vernichten. In ein Häufchen Asche am Grunde einer Urne auflösen. Wie Sand. Staub, namenlos und ohne Stimme. Sand ohne Augen.

Und nun peinigte sich Jean Calmet beim Gedanken an diese Urne. Wo würde man sie hinstellen? Es war nicht sicher, daß sie die Mutter für sich haben wollte. Der Leiter des Bestattungsinstituts hatte es seinen Brüdern und ihm umständlich erklärt: es kam vor, daß die Witwe die Asche bei sich aufzubewahren verlangte – im Garten, in der guten Stube oder sogar am Kopfende ihres Bettes, damit sie sich niemals von ihrem Liebsten trennen mußte. Damals hatte Jean Calmet noch in sich gelächelt, von Mitleid ergriffen über so viel abergläubische Treue. Als er jetzt im dumpfen Schatten lag, abgequält in den schweren Leintüchern, begann ihn die Erinnerung an die Worte des Beamten zu beunruhigen, zu bedrängen: entsprang der naive Wunsch jener Frauen einer tiefgründigen, magischen Eingebung, die dem Gefäß und dessen armseligem Inhalt die erschreckende Macht der Präsenz verlieh? Die Überreste, die er völlig bar jeder Kraft geglaubt hatte, erhielten so, durch die Dummheit vertrottelter Greisinnen, eine dämonische Bedeutung. Doch nein, er überzeugte sich besser, daß das lächerliche Häuflein Unrat arglos war. Kehricht. Jean Calmet gefiel sich darin, die Bescheidenheit einiger Weiser in Erinnerung zu rufen, die gebeten hatten, daß man ihren Staub in einem Wald aussäe, auf einer Wiese, oder daß man damit einen Flußlauf mit feinem Silbergeriesel bestreue. Er stellte sich die luftige Aussaat über dem Gewässer vor, wie sie sich an schattigen Ufern verlor und schnell mit dem Wasser mischte, selber zu fliehendem Naß wurde, bevor sie ins Meer einging oder sich in Dunst auflöste. Jean Calmet sah deutlich die Seele jenes Toten in den Wolken, die glückselig war in der Gewißheit, daß sich ihr irdisches Schicksal erfüllt habe. Er beneidete jenen Toten und dessen Seele.

Er drehte und kehrte sich und versuchte sich zu beruhigen, indem er sich einredete, daß jetzt die Asche seines Vaters noch im Krematorium in der numerierten Aluminiumbüchse mit dem Vorhängeschloß sei, wo sie der Angestellte am Morgen eingeschlossen hatte. Als er endlich eingeschlafen war, klammerte er sich im Traum an schwarzes Gras, um einen steilen Hang hinaufzuklettern. Er war auf halbem Wege angelangt, da zeichnete sich plötzlich ein ungeheurer Stier am Nachthimmel über ihm ab: das Untier stürzte los und zertrampelte ihn. In der Folge sollte er sich oft an diesen Alptraum erinnern.

Das Gymnasium hatte ihm für die Beisetzung zwei Tage frei gegeben. Jean Calmet war heute noch beurlaubt. Er dachte an die Zusammenkunft des Abends. Sie war auf acht Uhr angesetzt, in Lutry, man sollte sich am Tisch des Eßzimmers zusammenfinden, mit dem Gespenst des Doktors oben am Tisch. Man würde in einem Katalog blättern und die Angebote prüfen: auf der linken Seite, in dünnen schwarzen Rahmen säuberlich abgebildet, die Photos von Urnen, die frei ab Werk lieferbar waren, auf der rechten Seite ihre Ausmaße, Vorzüge und der Preis, manchmal mit Kugelschreiber korrigiert. Jean Calmet wunderte sich über die neue Wißbegierde, die er für die verschiedenartigsten Kategorien von Bestattungsgefäßen empfand. Eine Woche

zuvor hatte er noch nicht gewußt, wie man eine Todesanzeige aufgab und einen Sarg auswählte, er hatte noch nie die Visitenkarten der Urnenfabrikanten und Grabbildhauer gesehen. Seine Unkenntnis ging bis zur Geographie des Friedhofs, dem er zwar auf der endlosen Längsseite entlangfuhr, wenn er sich jeweils mit dem Wagen zum Seeufer begab. Am Vormittag aber hatte ihm geschienen, ein weitläufig verzweigter Gutsbesitz öffne sich ihm plötzlich und er wandle darin, staunend über die Vielfalt und die Rangordnungen. Gegen Mittag, ohne es zu achten, ging er zu Fuß zum Friedhof hinunter, bewunderte die Zahl der Bestattungsunternehmer, Bildhauer, Graveure, Marmorhändler und Mosaikkünstler, deren Werkstätten sich in die Nachbarschaft drängten. Er hatte sie nie zuvor bemerkt.
An jenem Morgen, da er mit der feierlichen Vielfalt von Urnen beschäftigt war, geschah es, daß er den eigentlichen Zweck seines Besuchs vergaß. Dann erinnerte er sich seines Vaters und wurde betrübt. Er ging in die Gaststube, wo gestern, genau zur selben Zeit, nach der Abdankung im Krematorium ein Imbiß serviert worden war. Die Wirtschaft trug einen schönen Namen: Le Reposoir – Ort der Ruhe. Die Kellner erkannten ihn nicht wieder, aber hinten im Saal, in einer Art Nische, die gestern für die Arztfamilie reserviert worden war, hatte sich heute eine andere Familie an den Tischen niedergelassen: dieselben Flaschen, dieselben Teetassen, dieselben Ku-

chen; der Anblick tröstete Jean Calmet eine Weile. Nichts zählte mehr, da sich dieselben Szenen Tag für Tag abspielen konnten, ohne daß der Wirt oder die Bedienung etwas anderes bemerkten als eine Familie in Schwarz, stets gleich, drei- oder viermal pro Tag hinten im Saal versammelt, um den Wink des Todes zu feiern.

Mit einer fast ungewöhnlichen Willensanstrengung fing sich Jean Calmet wieder auf. Alsbald begann sich sein Körper an der schattigen Kühle der Wirtschaft zu laben, die Einsamkeit tat ihm wohl. Gottlob war der Doktor nur noch eine dünne Schicht Asche in der Tiefe einer gutverschlossenen Büchse. Sie war versiegelt mit einer Matrikelnummer, die sich Jean Calmet sorgfältig in sein Büchlein notiert hatte. Das Büchlein war in seiner Tasche. Er spürte den dünnen Block durch den Samt seiner Weste hindurch auf seinem Herzen, das wieder regelmäßig schlug. Alles war gut.

Draußen blendeten die Häuser in der prallen Sonne. Jean Calmet dachte mißmutig an die Zusammenkunft von heute abend. Das Gespenst des rotglühenden Kolosses würde oben am Tisch mit breitem Grinsen seine Zähne zeigen. Die fünf Geschwister würden die Stimme senken, um Einzelheiten über Tod und Erbschaft zu besprechen. Die Mutter würde wortlos das Zimmer durchqueren, verschwinden, auf den Fußspitzen zurückkommen, eine Kaffeekanne in der Hand, und jedem schweigend einschenken. Die Einzelheiten des Todes... Jean Calmet war bestürzt, als ihm einfiel, daß er nichts wußte über den Tod seines Vaters. Man hatte ihm die Nachricht ins Gymnasium telephoniert, er hatte den Anruf nicht selbst abgenommen, und das Gefühl der Erleichterung, das er damals wie eine wundersame Genesung empfand, hatte die Gedanken an die letzten Augenblicke seines Vaters überdeckt und seine Neugier ausgelöscht, als er dann bei dem Arzt war, der bis zuletzt Beistand geleistet hatte. Damals wäre es ihm ein leichtes gewesen, sich zu erkundigen, auch sehr unauffällig, auf welche Weise der Doktor die letzte Pforte durchschritten hatte. Aber er hatte den Arzt nicht gefragt. Er hatte seine Nähe gemieden. Einen kurzen Moment war er neben ihm, als sie in die Wirtschaft eintraten, aber das zusammenhanglose Gespräch ging nicht über die den Umständen angemessenen Gemeinplätze hinaus. «Es war schrecklich», wiederholte die Mutter, und dieses Wort war das einzige, das für den Koloß zutraf, und jedenfalls erklärte das Paßwort nichts Präzises über das letzte Drama. Recht so, dachte Jean Calmet. Ich sehe nicht ein, warum ich mich quälen sollte, indem ich mir das Ende mit allen Einzelheiten erzählen lasse. Der Vater war eben an der Reihe. Es gibt eine Gerechtigkeit. Jean Calmet ließ sich von dieser Idee durchdringen und genoß die Regelmäßigkeit, mit der sein Pulsschlag am Handgelenk zu spüren war, und die Atemzüge, die seine Lungen füllten, zwölfmal in sechzig Sekunden. Luft aufnehmen und ausstoßen. Pulsierendes Blut. Wenn ich ersticken spielte, sagte sich Jean Calmet, und wie früher den Atem anhielte, dann würde alles dunkel, ich sähe bräunliche Ringe hinter meinen Augen kreisen, fühlte mich anschwellen und zerplatzen, hörte die Glocken in meinem Schädel dröhnen... Er fand sich auf einem Stück Wiese hinten im Garten von Lutry, er war siebenjährig, lag auf dem Boden, und die Halme des frischgemähten Grases stachen durch das dünne Hemd in die Schulterblätter. Man mußte plötzlich sterben, um ebenso tapfer zu sein wie die Helden und Ritter im Geschichtsbuch. Er sah die Jungfrau von Orleans in den Flammen schmoren, hörte den todwunden Roland in der Felsschlucht ins Horn stoßen, und unter der Kehle barst die Lunge in einem Sprudel von Blut. Der kleine Knabe breitete die Arme aus wie vor der Hinrichtung, er sog ungeheuer viel Luft ein und hielt plötzlich den Atem an, das Martyrium begann: braune Flecken, sprühendes Feuerwerk, Glockenschall in den Ohren... Ich leide, wiederholte sich Jean Calmet voll Glück, und etwas durchflutete sein Blut wie schwarzes Feuer, das er nie vergessen würde. Ich bin zum Leiden auserkoren. Ich muß der Angst widerstehen, das Leiden lieben. Schwindel übermannte ihn. Ein froher Rausch der Eingeweihten und Opfer. Dann beugte er sich der Furcht, geräuschvoll kam der Odem zurück, der Himmel erhielt wieder seine durchsichtige Bläue, in der Ringeltauben und Möwen davonflitzten wie Forellen.

Eine Schülerin Jean Calmets begann zu jener Zeit abzumagern und bleicher zu werden, grüne Ringe gruben sich unter ihren Augen ein.
Beulen schwollen unter ihren Armen, Knoten an der Kehle. Im September wurde sie zum erstenmal operiert, und eine Zeitlang hatte man sie geheilt glauben können. Doch die Knoten wuchsen wieder, und der Platz des Mädchens in der Sekunda blieb immer häufiger leer.
«Isabelle stirbt», hatte Eugénie zu Jean Calmet gesagt. «Sie weiß es. Wir haben mit Alain bei ihr zu Hause Photos gemacht. Wollen Sie die Bilder sehen?»
Es war am Schluß einer Lektion, am Vormittag, Sonnenlicht flutete ins Klassenzimmer, Eugénie hatte Bündel Photos aus einem orangefarbenen Wolltäschchen gezogen.
Isabelle. Strahlende Augen, von glühender Schwärze, in tiefen Höhlen.
Das Gesicht mager. Blaß. Dunkle Haare, Fransen in der Stirn, und in diesem erschreckend lebendigen Gesicht einer Heiligen der große Mund, die Unterlippe leicht vorgestülpt wie zu einem letzten schwelgerischen Bissen vor dem Hinübergleiten. Isabelle-die-sterben-muß. Und die es weiß. Und die ihre Klassenkameraden bezaubert. Jean Calmet betrachtete eindringlich das Märtyrerinnengesicht, den mageren Hals, von dem aus eine Furche unter das karierte Hemd lief. Isabelle, ihr Zimmer, ihr Gesicht in Großaufnahme, Jean Calmets Blick tauchte in das weit-

offene Mädchenauge tief in den Augenhöhlen, die glänzten wie glatter Gips. Isabelle, mit nackten Schultern, den Kopf an einen Poster mit Joan Baez gelehnt, die fast geschlossenen Fensterstoren filtern die Vieruhr-Sonne. Auch das Gesicht ist verschlossen, die Augen blicken zur Decke, die Nase dünn, die Wangen tief ausgehöhlt, nur die Lippe stülpt sich vor wie zu einem Kuß für einen unsichtbaren und lebensfrohen Geliebten. Isabelle, mit erschreckend weißen Zähnen vor einer verriegelten Türe. Isabelle, entzweigeschnitten, ein brennend schwarzes Auge blickt auf Jean Calmet. Isabelle-die-sterben-muß. Und die es weiß. Und die Jean Calmets Herz ergreift, ohne es zu wissen.

Isabelle kam nur noch ein oder zwei Stunden pro Woche zur Schule, wie auf Besuch, einen Wollschal über die Schultern, durchscheinende Blässe am Fenster. Dann war sie einige Wochen abwesend. Jean Calmet vernahm durch seine Schüler, daß sie mehr und mehr abmagere und daß sich neue Knoten unter den Schlüsselbeinen gebildet hätten. Jeden Tag ging eine kleine Schülerschar nach dem Unterricht zu ihr, versuchte sie über ihren Zustand zu täuschen und schauderte im engen Zimmer im Sauvabelin. Sie war nicht im Bett. Sie zeichnete wie toll, schrieb Gedichte, die Erschöpfung schien sie ein für allemal verlassen zu haben. Ihre Eltern ließen die jungen Leute in Ruhe: der Vater, der als Lehrer an einem andern Gymnasium unterrichtete, lächelte unergründlich im Haus-

gang. Die Mutter brachte Coca-Cola und Brötchen und zog sich wieder in einen Winkel der Wohnung zurück.
Isabelle wog nur noch achtunddreißig Kilo. Sie faßte sich.
«Ich will nicht jungfräulich sterben», hatte sie ihren Freunden gesagt.
Sie hatte sich Marc ausgewählt, und die beiden hatten sich geliebt, im Schilfversteck unten am See, auf einem von Marc mitgebrachten Schlafsack, in einer Herbstnacht, als sich an den rosigen Ufern Bleßhühner und Enten auf dem dunstbedeckten Wasser zuriefen bis zur Morgendämmerung. Marc ist schön. Er hat eine kräftige Nase, eine Locke fällt ihm über die Augenbrauen. Er trägt Schärpen und Pullover, er sticht Isabelles Bildnis in Kupfer und macht Abzüge für einige Kameraden; er zeichnet Isabelle nackt am Waldrand, er webt Teppiche, violett und weiß. Sie hatte Marc auserwählt. Drei- oder viermal schlief sie mit ihm.
Der Kranz von Nervenknoten am Hals schwoll erschreckend, Schmuckwerk für die Ewigkeit. «Inoperabel», hatten die Ärzte gesagt. Sie kam nun nicht mehr zur Schule.
Als sie fünfunddreißig Kilo wog, es war zwei Wochen vor ihrem Tod, plante sie einen Ausflug in das Dörfchen Crécy, das an einem Hügel über dem Broyetal klebt. Warum gerade Crécy? Ihre Großmutter hatte dort einen Bauernhof. Ein kleines Familienerbe.

Landferien in der Kindheit. Erntezeit. Der kalte Brunnen am Morgen nach dem ersten nächtlichen Spaziergang mit einem verheirateten Dragoner, kurz vor der Konfirmation, mit fünfzehneinhalb Jahren, er spielt Spritzschlacht, faßt plötzlich Wasser mit der flachen Hand und beugt dich über den Brunnenrand, schlägt dir das eisige Wasser ins Gesicht und küßt dich heftig: sein Mund, der nach Wein und Stumpen riecht, stößt in deinen Mund eine lange Zunge, die dir den Atem erstickt und den Speichel wegleckt bis in den Gaumen und in die Winkel zwischen den Zähnen. Fünfzehneinhalb bist du. Junge Härchen kräuseln sich in deinem Höschen. Die Regel seit drei Jahren, du hast dich noch nicht recht daran gewöhnt. Und das ganze Leben vor dir, denn niemals hättest du dir auch nur vorgestellt, daß du mit siebzehn sterben würdest, als Engel des Herrn, als Persönchen von nur noch dreiunddreißig Kilo, als kleine Märtyrerin, gefoltert in Gottes Auschwitz.
Isabelle selbst führte die Reise. Sie hatten ihre Kameras. Marc war dabei und Jacques, Eugénie, Anna, Alain und der Türke Surène. Sie hatten den Bus genommen bis Moudon und waren von da nach Crécy hinaufgestiegen, wo sie sich unverzüglich auf den Friedhof begaben, ohne im Gasthaus zu halten oder in der Kirche, wo Anna mit ihrem Sinn für Theater Isabelle und Marc vor dem Altar trauen wollte. Der Friedhof von Crécy hängt ein paar hundert Meter vom Dorf weg schräg über dem mächtigen Tal. Es war die

Zeit, da die Wiesen hellgrün schwellen, da die Knospen auf den Zweigen gleißen und ein lauer Wind die letzten Schneeflecken am Waldrand schmilzt.
Isabelle wußte, daß ihr noch vierzehn Tage zu leben blieben.
Am Ende der letzten Allee, am letzten Platz vor dem Feld, ist eine Grube bereit; ein Haufen Erde, kegelförmig, wartet darauf, den Sarg zu überdecken, der in die sanfte, kühle Erde von Crécy gesenkt wird.
Die Sonne überflutet den Friedhof.
Isabelle schreitet auf ihre Grube zu, hält einen Moment am Rande der Kluft, beugt sich und faßt mit der hohlen Hand etwas von der Erde, die in zwei Wochen über ihr liegen wird.
Burschen und Mädchen sitzen auf zwei Bänken in der Nähe, Weggenossen, Geschwister, Wächter, unter der äußerlichen Gemütsruhe von Schrecken und Zärtlichkeit zerrissen. In der hellen Sonne legt sich die junge Tote auf das Nachbargrab, ein leichter Wind streicht durch die Zypressen und läßt sie erschauern, eine Meise ruft in der Hecke, und aus dem Tal steigt der Geruch der Heckenfeuer, die bei fernen Höfen flackern.
Isabelle, man sieht sie atmen, liegt auf dem Nachbargrab. Sie hat die Hände auf der Brust gekreuzt, jetzt nimmt sie sie auseinander, und mit der linken Hand, bei gestrecktem Arm, berührt sie, liebkost sie den sandigen Rand ihrer Grube.
Anna bricht in Tränen aus, sie steht auf und geht allein zum andern Ende des Friedhofs.

Alain und Jacques machen Photos: Isabelle auf der Grabplatte ihres Nachbarn, Isabelle nach dem Grubenrand greifend, Isabelle über ihr Grab schreitend, barfuß, die Holzschuhe unter dem Arm, der Wind hebt das Röcklein über die Schenkel, ein Gespenst vielleicht, das durch die lange Allee entschwebt, die Haare wehen dem Gespenst um den Kopf, die Meisen sprechen mit ihm aus dem Jenseits – wohin es zurückkehren muß – «komme wieder, herzliebe Erscheinung des schönsten Mädchens, das je war, entdecke die Wege des Mondschattens, der dich gebar, sinke in unsere Grüfte und Klüfte der wohlduftenden Nacht!»
Aber Isabelle glaubt nicht daran. Die steinige Erde erwartet sie, verfaulen muß sie, zerfallen zwischen berstenden Brettern. Zum Kotzen. Gott ist ein Dreckkerl. Und Anna weint immer noch, die Stirn gegen die von Flechten überwachsene Mauer gedrückt, auf der die kleinen dunkelroten Läuse irren, die Geschwister aller Totgeborenen im Tal der Glückseligen.
Isabelle hat sich auf ihrer Steinfliese bewegt, die Augen vor der schrecklichen Sonne verbergend.
Stille. Dann die Meisen. Und Raben, weit weg, nie werde ich sie kennen, sie werden über dem Grabe dahingleiten, zwei oder drei Winter mehr überdauern als ich, nur noch ein Gerippe mit einigen Stoffetzen werde ich sein, wenn sie ihrerseits enden, als klebrige Klüngel mit eisigen Federn niederstürzen hinter einer

Hecke im November. Ich will nicht an mein letztes Kleid denken. Aber ich habe schon das weiße mit den Goldborten gewählt. Das weiße, das reine, o Marc, mein Marc, weil wir miteinander geschlafen haben. Ich werde nicht als Jungfrau sterben, Marc, mein Zärtlicher, und du wirst mich in meinem weißen Kleid sehen, die Hände gekreuzt über der Goldborte. Vater und Mutter werden den Sarg schließen, und ihr werdet mich nach Crécy begleiten.

Eine Biene hat sich auf der lauwarmen Fliese niedergelassen, Isabelle öffnet die Augen, streift mit den Armen dem Körper entlang und berührt mit den Handballen den Stein. Viel Glück und gute Sonne, mein Bienchen voll Blütenstaub. Du hast dich geregt in den ersten Haselkätzchen, in Schlüsselblumen und Arnika, mein Bienchen, dein Honig wird wärmen im Winter, und ich werde nicht mehr da sein, um ihn zu kosten.

An jenem Tag wiegt Isabelle nur noch fünfunddreißig Kilo.

Durch den Stoff hindurch wärmt ihr die Sonne die runden Brüstchen, die so wohlbewahrt sind, so frisch, so jung über dem Elend der Rippen.

Nun kommt es zu einer innigen Szene. Marc ist aufgestanden, er hat sich dem Mädchen genähert, sich neben ihm auf die Steinplatte gesetzt, er hat seine braune Hand auf Isabelles bleiche Stirn gelegt. Er rührt sich nicht und sagt nichts, er taucht seinen Blick in die leuchtendschwarzen Augen des Mädchens, mit seinem Blick spricht er zu ihr, er liebt sie, er bewegt sich an der Grenze zwischen dem Tag und der Nacht, er wird bleiben im Licht mit dem Honig, den Singvögeln, dem Sommer, sie wird schwinden, ein kalter Schatten, ein flüchtiger Schatten im Reich der Verderbnis! O Marc. Wie schön war deine Geste über dem Grab, an jenem Märznachmittag über den sonnigen Tälern. Wie zärtlich lag deine Hand auf der weißen Stirn, wie geheimnisvoll und klar dein Blick im Blick dieser Lebenden, die schon aus der Nacht zu dir spricht.

Tränen überströmen ihre Augen. Sie weinen, die Kinder, ohne Schluchzen und Schreien beweinen sie ihre Liebe, ihre abscheuliche Einsamkeit. Wer entscheidet? Wer verdammt? Marc, Isabelle. Sie wird noch zehn Tage leben, zwei Wochen, man wird ihr das weiße Kleid anziehen, der Leichenwagen wird sie von Lausanne zum Friedhof führen, den sie sich wünschte, zu ihrer kleinen Grube, in diese Sonne.

Orpheus und Eurydike liegen nun Seite an Seite auf der Grabplatte, sie lauschen dem Wind im Gras, sie atmen den Geruch der Laubfeuer ein und erschauern, wenn die Meise ihren schrillen Schlag ertönen läßt. Burschen und Mädchen haben sich im Friedhof zurückgezogen, von weitem betrachten sie die Szene, die sie nie vergessen werden.

All diese Dinge erfuhr Jean Calmet Ende März, viel später, als sich die Knospen auf den Zweigen zeigten, als die Weidenkätzchen mit gelbem Staub bepudert waren, als die bläulich-rosigen Täubchen auf den Türmen der Kathedrale schnäbelten.

Jean Calmet, stets auf Pünktlichkeit bedacht, war als erster im Haus bei den Pappeln angekommen und mußte nun das furchterfüllte Gerede seiner Mutter über sich ergehen lassen. Er betrachtete die kleine graue Frau mit gehässigem Erbarmen. Aus ihr war er herausgekommen. Von ihr hatte er die dünne Gestalt, sein zerbrechliches, leicht erregbares Wesen, und die nur allzu berühmte Zartheit, die sein Vater mit soviel überschwenglichem Lob bedachte, als ob er ihn damit um so mehr verspotten und erniedrigen wollte. Grau. Gräulich. So war sie. Verstört und verängstigt wie eine alte Maus war seine Mutter.

Sie wagte nicht auf das einzige Thema zu kommen, das ihm erwähnenswert war. Sie ging um den Brei, wich aus. Zum erstenmal bemerkte Jean Calmet alle Einzelheiten im weiträumigen Eßzimmer, in dem das blankgescheuerte Kupfer in den Strahlen der untergehenden Sonne glänzte. Eine Bank lief der Wand entlang, der große Tisch war leer, aber die Korbstühle mit den hohen Lehnen bezeichneten den Platz eines jeden. Oben am Tisch, bei der Wand, war das Territorium des Vaters. Der Doktor thronte wenige Zentimeter neben der Standuhr mit dem feierlichen Pendel, die so hoch war wie ein Sarg und aus einem abgelegenen Juratal kam, wo, hinter Fensterchen, an die sich der Rauhreif krallte, ein mit Kirsch und Psalmen vollgelaufener Urgroßonkel einen ganzen Winter lang an ihr gebastelt hatte.

Jean Calmet betrachtete die Uhr. Das kupferne Zifferblatt leuchtete im Abendlicht. Ein gemächliches Tikken zerschnitt die Stille, und einmal mehr staunte Jean Calmet: jahrelang war der Vater dieser Maschine nah gewesen, die sich hinter ihm erhob wie ein Denkmal, wie wenn er sich selbst versinnbildlicht und allen seine unumstößliche Herrschaft verkündet hätte. Doch der Vater war tot, und das Uhrwerk schlug im großen Kasten weiterhin die Stunden.

«Hast du heute auch noch frei?» fragte die Mutter schüchtern. Aus Mitleid erkundigte sich Jean Calmet bei ihr nach dem Vater. Ihr Gesicht hellte sich auf. Mit furchtsamem Stolz, in dem er alles wiedersah, was er an ihr haßte – den Hochmut des Prügelsklaven, der die Strenge seines Meisters rühmt –, erzählte sie seine letzten Tage.

«Er hat gearbeitet bis zuletzt, weißt du, mein armer Jean. Bis zuletzt! Seit der letzten Attacke atmete er nur noch mit Mühe, und trotzdem beharrte er darauf, jeden Morgen zu seinen Kranken zu gehen, niemand wollte er aufgeben, und am Nachmittag hat er die Sprechstunde nie abgekürzt. Er hätte doch mit den Visiten Schluß machen können! Aber er wollte unbedingt jeden seiner Kranken zu Hause besuchen, und nie einen einzigen vergessen. Nicht einen einzigen. Bis zuletzt hat er jeden betreut. Ein Heiliger war er, mein armer Jean. Stelle dir vor, wie das sein krankes Herz anstrengte! Er litt an Atemnot und Schwindelgefühlen...»

Mit wachsender Angst entsann sich Jean Calmet seiner Erregung an den Vormittagen, an denen er den Vater auf dessen Rundgang begleitete, er war achtjährig, neunjährig, es ging unendliche Treppen hinauf, armselige Lifttüren schlugen zu, nach den zwei Läutezeichen des Doktors öffneten sich die überladenen, muffigen Wohnungen, die Schlafzimmer mit dem säuerlichen Geruch eines unrasierten Greises, der stöhnend dalag.

Dann folgte der einförmige, derbe Reigen, Leintücher weg, Hemd über die Hüften, der Doktor tastet, bohrt den Finger in den Bauch, kneift einen Fettwulst, beugt sich wie ein Kannibale über ein Herz, packt mit seinen stattlichen Pranken das kraftlose Fleisch, das schlaff herunterhängt oder rötlich fiebert und sich schwärend aufbläht. Jedesmal Geschlechtsteile, aufgespreizte Schenkel, Haargestrüpp. Stöhnen, heiserer Atem, trübe Tränen, oder Geschwüre, Auswüchse, Flecken, und die ganze nackte Armut, all die dargestreckten Geschlechtsteile, all die Schambüschel wie Rußstriche auf der Leichenhaut: eine totenfahle Galerie des Schreckens, über die der Herr des schmerzenden, erniedrigten Fleisches regierte. Jean Calmet saß lautlos in einer Ecke oder stand im Schatten, etwas befangen, verfolgte das Geschehen mit gebannten Augen, bezaubert von der Sicherheit der Gesten seines

Vaters, der sich als Gefangener seiner Kraft dem eigenen Herrscherreich unterwarf. Manchmal brauchte ihn der Doktor für kleine Handreichungen. Er mußte in den Hof hinunter und aus dem Kofferraum des alten Chevrolet ein Fläschchen oder eine saubere Injektionsspritze holen, oder in der Küche für den Kranken Tee kochen, ein Pulver in lauwarmem Wasser auflösen und es zum Bett bringen, dessen ätzender Geruch ihm die Kehle zuschnürte.

Aber vor drei Tagen war des Doktors Herz zerplatzt. Der Meister hatte nun selber den Atem verloren, die Leintücher zurückgeworfen und gestikuliert wie seine Pfleglinge, einsichtslos den Tod von sich gewiesen, der seinen Griff nach der Brust verstärkte. Während Stunden war der Tyrann am Ersticken, röchelte, verdrehte die irren Augen, schlug mit den Armen in der Luft herum wie ein großer Säugling, und schließlich war das dicke rote Herz in seinem Kasten aus Rippen und Fleisch geborsten.

Jean Calmet betrachtete seine Mutter mit neuer Aufmerksamkeit und fragte sich, wie sie die Bevormundung während fast fünfzig Jahren hatte ertragen können. Er verübelte ihr die Unterwürfigkeit. Alles hätte anders sein können; sein eigenes Leben wäre anders gewesen, wenn sie sich aufgebäumt hätte. Aber sie hatte sich fünfzig Jahre lang von der Last der Schreie, Befehle, Wutanfälle, der raubtierhaften Gefräßigkeit und der Herrschsucht des Doktors erdrücken lassen. Ihre Eltern stammten beide aus eher armen Bauernfamilien. Sie hatten früh geheiratet. Er hatte als Werkstudent gearbeitet wie ein Wahnsinniger, Bauhandlanger, Grubenarbeiter, Lastenträger am Bahnhof, mit fünfundzwanzig hatte er seine Praxis in Lutry eröffnet und war geblieben. Die Weinbauern hatten ihn wie einen der ihren angenommen: mit ihnen trank er den stärksten Wein, seine strotzende Kraft erregte ihre Bewunderung. Er erhaschte den Augenblick, um ihre Töchter zu kneifen und die Jüngferchen im Wirtshaus zu tätscheln. Er hatte ein rotes Gesicht, eine glänzende Bogennase, einen dicken Mund. Er roch nach Zigarren und Weißwein. Er schwitzte... Sie war klein, leicht gekrümmt. Sie blieb unauffällig. Man traf sie, bestürzt und reglos, vor einer Tür, die sie nicht zu durchschreiten wagte, weil im Zimmer der Doktor seine Zeitung las und dabei Verwünschungen gegen alle Welt ausstieß. Oder sie horchte mit gestrecktem Hals, noch mehr Maus, mehr Spitzmaus als sonst, wie die schweren Schritte im Kiesweg knirschten und die Autotür zuknallte: etwas Ruhe. Doch bald kam der Meister wieder heim, donnerte und schlug drauflos, und das Trippeln von Zimmer zu Zimmer begann erneut. Das unstete Gelaufe, das ängstliche Zögern, das Warten vor den Türen, wo die Kinder sie überraschten, betreten, gekränkt über ihr Erschrecken, und ihrer eigenen Angst allzu gewiß, als daß sie die Mutter zur Kühnheit ermuntert hätten.

Der Vertreter des Bestattungsinstituts kam zur gleichen Zeit wie seine Geschwister. Alle setzten sich an den Tisch. Der Mann, feierlich in Schwarz gekleidet, zog aus seiner Mappe eine lange Broschüre, legte sie auf den Tisch und öffnete sie bedächtig.
«Ich erlaube mir vorerst im Namen unserer Firma zu kondolieren», sagte er mit sanfter Stimme. «Wir wissen, daß leidgeprüfte Familien unserer Dienste bedürfen, und wir bemühen uns, sie in jeder Hinsicht zufriedenzustellen. Ihr Herr Vater wurde also gestern eingeäschert, und, wie ich glaube, möchten Sie nun die Bestellung einer Urne vorsehen...»
Alle schwiegen. Der Vertreter des Bestattungsunternehmens schaltete eine Pause ein, um die bedeutsame Botschaft wirken zu lassen, dann fuhr er salbungsvoll weiter:
«Bekanntlich hat unsere Firma rund zwanzig verschiedene Modelle anzubieten, vom teuersten und gepflegtesten bis zum bescheidensten Artikel. Genau wie bei den Särgen. Eine lückenlose Reihe, von Eiche massiv, mit Seide ausgepolstert, bis zur einfachen Tannenkiste, die den Umständen gemäß als preiswürdig geschätzt werden darf. Doch damit haben wir uns ja nicht zu befassen. Wenden wir uns den Urnen zu.»
Er hüstelte und hob den weitgeöffneten Katalog, damit jedermann rund um den Tisch deutlich die Skizzen sehen konnte und die Photographien, die in gleißenden Farben vom Glanzpapier funkelten. Sein fades

Gesicht strahlte vor Würde im dunklen Kleid des Bestattungsangestellten. Leichenfresser, dachte Jean Calmet, du verdienst an einem Dreckgeschäft, du mästest deine Brotherren mit seltsamer Kost! Dann merkte er, daß er ihn um die Selbstsicherheit beneidete, den aufgeräumten bleichen Mann mit dem kahlen Ibiskopf, der mehrmals am Tag, und vielleicht jeden Abend Familien aus der Verlegenheit half, die durch einen Trauerfall in unentwirrbare Verpflichtungen verstrickt waren. Der Mann zeigte den Katalog in der ganzen Runde.

«Sie sehen, meine Damen und Herren, daß wir alle Sorten von Urnen haben» – er warf sich in die Brust und fuhr fort: «Typ A 1, der teuerste, ist aus weißem Carrara-Marmor. Ein schweres Stück: zwölf Kilo einhundert. Siebenundvierzig Zentimeter hoch. Ein sehr stabiles Modell. Es hat seinen Preis, gewiß, aber es gehört zum Schönsten, was Sie auf dem Markt finden können. Betrachten Sie diese Rundungen, diese Lichtreflexe. Ein Kunstwerk!»

Und er richtete seinen Zeigefinger ehrfurchtsvoll auf das Bild eines großen Gefäßes, das aus einem schneeigen Block Firneis von schier unerträglicher Reinheit herausgehauen schien.

«Typ A 2», erklärte er nun, nachdem er bewundernd den Kopf schiefgestellt hatte, «ist ebenfalls sehr gepflegt. Rosa Griotte-Marmor, rot und braun gefleckt, Zierleiste, runder Fuß, passender Deckel, Herkunftsgarantie, elf Kilo, fünfundvierzig Zentimeter.

Ihre Katze und Ihr Hund können in der Nähe spielen, ein solches Stück fällt unmöglich um. Auch das Modell B 1 ist aus Marmor: echter Brocatelle, beachten Sie das Muschelornament, speziell für unser Haus importiert. Dieser Artikel wird in zwei Ausführungen hergestellt: auf Anfrage liefern wir das Großformat, das die Asche von zwei Personen aufnehmen kann. Sehr praktisch, wie Sie sehen, und für viele Leute ist es tröstlich zu wissen, daß eines Tages ihre Asche mit derjenigen des Verstorbenen vermischt wird.»

Jean Calmet fühlte, wie sich sein Magen verkrampfte. Niemand am Tisch hatte sich gerührt. Der feierliche Vogel wendete die Seite:

«Modell B 2 mit Stuckdekoration, grün oder schwarz, Goldinschrift zu Lasten unseres Hauses. Modell C ist aus Bronze, kunsthandwerklich mit Brulé-Effekt hergestellt. Seitlich ein Reliefschmuck, Tulpenkelche oder Efeublätter nach Wahl.

Typ D hier in Stahl hat beschlagene Griffe, und das Deckelchen mit Schloß bietet Ihnen dieselbe Sicherheit wie ein Panzerschrank. Übrigens führen wir dieses Modell auch in Miniaturformat, taubeneigroß, für die Asche totgeborener Kinderchen: der Artikel läßt sich mühelos im Handgepäck unterbringen, in einem Koffer zum Beispiel, oder in einem Damentäschchen, so daß Sie das kleine Entschwundene auf die Reise mitnehmen können. Selbstredend ist dies bei größeren Urnen, den Urnen Erwachsener, schwieriger.

Aber alle unsere Artikel werden mit Untersatz geliefert, auf Wunsch stellen wir die Urne in Ihrem Salon auf, im Vestibül oder im Studierzimmer, ganz nach Belieben. So haben Sie sich nie von Ihrem lieben Entschlafenen zu trennen.»

Zum zweitenmal erschauerte Jean Calmet. Man mußte um jeden Preis verhindern, daß die Urne des Vaters im Haus bei den Pappeln blieb. Man mußte sie einsperren, weit weg von hier, für alle Zeiten hinter Schloß und Riegel bringen. Mit ängstlicher Stimme ergriff er das Wort:

«Wäre es nicht möglich, die Urne im Kolumbarium zu verwahren? Gewiß sind noch Nischen frei. So könnten unsere Bekannten dem Vater die Ehre erweisen, ohne uns zu Hause zu stören...»

«Nichts leichter als das», erwiderte der Vertreter zu Jean Calmets großer Erleichterung. «Ein Anruf genügt, wir regeln die Sache mit dem Krematorium. Überlassen Sie vertrauensvoll alles uns. Sie bekommen von uns eine kleine Faktura, alles geht wie am Schnürchen. Sie können aber auch eine fünfundzwanzigjährige Konzession für ein Urnengrab erwerben. Am Ende des vierundzwanzigsten Jahres werden Sie offiziell auf den bevorstehenden Ablauf der Frist aufmerksam gemacht, und zwar vom Amt für Bestattungen und Grabdenkmäler, also von der Gemeinde, und Sie haben Zeit genug, um Ihre weiteren Dispositionen zu treffen. Außerdem werden regelmäßig Aufrufe in den Zeitungen veröffentlicht.»

Wie zu sich selbst gewendet fügte er bei:
«Aber ja, das finde ich eine gute Lösung, das Kolumbarium, und der Wärter hält die Nischen peinlich sauber, jeden Morgen staubt er sie ab, und Ihre Urne glänzt wie ein neues Goldstück!»
Jean Calmet stellte sich den Hauswart im blauen Überkleid vor, einen Baumwollwedel in der Hand, wie er geflissentlich jedes Stück Marmor oder Messing abstaubte, hartnäckig in die verborgensten Winkel hinter dem unheimlichen Gefäß wischte, den Staub von den Trennwänden fegte, von den Henkeln und Höckern, von den Deckelverzierungen, vom Relief am Bauch der Urne, gewissenhaft bis zum Wahnsinn, überwacht von einem Schwarm schattenhafter Gespenster. Aber ein Wort verwirrte ihn vor allem: *Nische*, es ließ ihn an Flügelgeschwirr denken, an geschwelltes Gefieder, an Gurren, an Balzen, an liebestolles Schnäbeln; und auch das Wort Kolumbarium versprach liebkosende Schwingen und flaumigwarmes Umgirren. So erhielt die verborgene Stätte hinter dem Zypressenhain eine schwebende Anmut, die Beschwingtheit einer Volière, wo in den Lichtspeichen der von dunklen Bäumen zerteilten Sonnenflut bunte Schwungfedern schillerten, ein Schnabel aufblitzte, Korallenaugen flammten und rosige Perlfüße glitzerten, wo in kühlen Grotten unaufhörlich getändelt und geliebt wurde.
Als der Vertreter gegangen war, reichte man sich lange den Katalog um den Tisch. Jean Calmet be-

trachtete seine Geschwister mit Abscheu. Nie hatte er sich so weit entfernt von ihnen gefühlt. Sie verhandelten aufgeregt und sprachen nun um so mehr und um so lärmiger, als ihnen die krämerhaften Erläuterungen Schweigen auferlegt hatten. Sein Blick ging lieblos von einem zum andern. Etienne, der Agraringenieur, groß und kupfern wie der Vater, aber weniger stark als er, weniger mächtig, der sich früh verheiratet hatte, um dem Doktor zu entgehen. Dann Simon, der Lehrer, fahlblond und zart, Simon, der Unannehmlichkeiten gehabt hatte, weil er sich den ganzen Sommer mit Knaben in eine Alphütte zurückgezogen hatte. Simon, Mutters Liebling. Simon, der seine Kindheit an sie gekuschelt verbracht hatte, eingehüllt in ihre Röcke, ihre Vertraulichkeiten, ihr weinerliches Getuschel. Simon, der Ornithologe. Simon, der die Wälder durchstreifte, den Feldstecher an die Augen geklebt, Simon, den Jean Calmet beneidete, weil stets ein junger Mann bäuchlings neben ihm auf der Lauer lag oder an seiner Seite kniete, um einen Eichelhäher zu beringen oder mit leichtem Finger das Seidenköpfchen einer Meise zu streicheln, die sich in dem zwischen den beiden Apfelbäumen im Garten aufgespannten Netz verfangen hatte. Er liebte seine beiden Brüder nicht. Aber die zwei, den Ältesten und den Zweitältesten, konnte er noch einigermaßen verstehen. Seine Schwestern hingegen umfing ein undurchdringliches Geheimnis, das ihn stets von ihnen fernhielt und in ihm ein Gefühl von Furcht und

Schande weckte. Hélène, die blonde, die robuste, die Krankenschwester, die mit dem Doktor stundenlang über Operationen, Schockbehandlung und allerhand Spitalklatsch sprach. Und Anne, die zwei Jahre älter war als er, Anne, die nichts tat und in der Welt umherreiste, von ihr kamen Ansichtskarten aus Schweden, aus Amerika, sie verschwand, kam verlobt zurück, wechselte den Liebhaber, eilte wieder fröhlich davon, verlobte sich abermals und lernte eine neue Sprache, bereiste ein neues Land, bevor sie sich bei ihrer Rückkehr in weitere Schwierigkeiten verstrickte.

Jean Calmet war der jüngste: der Benjamin, der kleine Benjamin, wie man ihn in seiner Kindheit tausendmal genannt hatte, so daß er in der Sonntagsschule und im Bibelunterricht vor Scham und Zorn errötete, wenn der Pfarrer die Geschichte von Jakobs jüngstem Sohn erzählte: «Rahel starb bei der Geburt, sie wollte ihren Sohn Ben-Oni nennen, Sohn meiner Schmerzen, doch der Vater nannte ihn Ben-Jamin, das heißt Sohn zu meiner Rechten...» Und er selbst, Jean Calmet, war mit dem zweiten Vornamen Benjamin getauft worden, das war in den amtlichen Papieren eingetragen, und so spürte er immer einen Widerwillen, wenn er seinen Paß vorweisen mußte, seine Identitätskarte, sein Dienstbüchlein oder irgendein anderes Dokument, das ihn an den verhaßten Namen erinnerte. Er wiederholte ihn für sich allein, um sich zu quälen, und er fühlte dabei das Gewicht der Konsonanten: Jean-

Benjamin Calmet, Les Peupliers, Lutry, Waadt. Jean-Benjamin Calmet, stud. phil. – Füsilier Jean-Benjamin Calmet, IV. Kompagnie, 3. Zug, Im Felde. Jean-Benjamin Calmet, Lehrer am kantonalen Gymnasium, chemin de Rovéréaz 78, Lausanne.

Die Kinder des Doktors Paul Calmet und seiner Gattin, geborene Jeanne Rossier. Eine Familie. Eine Nachkommenschaft. Kommt, meine Söhne, hierher, meine Töchter, ihr werdet mir meine Glieder wärmen, eure Stärke wird mir das Alter versüßen, und wenn ich einst nicht mehr bin, tragt ihr Sorge zu meiner Asche. So werdet ihr erkennen, daß ich nicht völlig sterbe, denn mein Samen lebt in euch bis an das Ende der Geschlechter. Etienne, Simon, Hélène, Anne und Jean. Das Ende der Geschlechter... Jean Calmet unterdrückte ein höhnisches Lächeln: einzig Etienne hatte Kinder, und die wollte er gar nicht näher kennenlernen, seine Neffen waren ihm wie heulende, struppige Wilde erschienen, wenn er sie einmal in Les Peupliers überraschte.

Unter der Lampe besah sich Jean Calmet nachdenklich die Gesichter seiner Geschwister. Sollte der Tod des Vaters nichts ändern? Sie hatten dieselbe verklemmte Ausdrucksweise, dieselben verkrampften, fast furchtsamen Bewegungen, wenn sie sich den Katalog reichten. Seine Brüder spielten ihre Rolle als Halbwaisen mit einem lästigen Eifer. Hélène und Anne waren ihm nach wie vor fremd, lockend und zugleich abstoßend mit ihren schmierigfeuchten

Hautfalten. Nein, nichts hatte sich geändert, wie früher schnappte das Ticken der Uhr gespenstisch in den Raum, die Lampe warf denselben Ockerschein auf das Kupfer und die dunkle Bank, durch das offene Fenster sah man den See, die Nacht war blau über schwarzem Wasser, und ganz im Hintergrund, unter dem Gebirge, glitzerten die Lichter von Evian. Wie zuvor. Nichts änderte sich. Trübsinn übermannte Jean Calmet. Er beschäftigte sich mit dem Katalog, um ihm zu entkommen, er seufzte, plötzlich jubelte er innerlich auf. Der Vater war tot, man hatte ihn im Krematorium verbrannt. Tot, der Doktor. Ein Häufchen Asche! Er las mit lauter Stimme und erörterte die vom Angestellten besonders empfohlenen Artikel, erläuterte einzelne Punkte und kam auf andere zurück, er sprach frei und klar, wie wenn er vor seinen Schülern eine Textstelle analysierte.

Man einigte sich auf die Urne aus Brocatelle. Typ B 1. Alle fanden den muscheligen Marmor schön, das Graubraun des Steines hatte einen leichten Goldglanz, seine Feinheit und sein Name ließen an Brokatsamt denken. Der Artikel wirkte naturhaft dank der versteinerten Muscheln, die den Marmor auflockerten: jedermann dachte, daß diese Urne dem urtümlichen Geschmack des Vaters entspreche. Man wählte das Modell für die Asche eines einzelnen. Etienne sollte den Auftrag an das Bestattungsinstitut weitergeben.

Auf dem Heimweg begegnete Jean Calmet einem Igel und sah ihm lange zu. Er hatte seinen Wagen in der Garage gelassen und ging gemächlich den Chemin de Rovéréaz hinauf, als er in einer Hecke ein Kratzen hörte, dann ein Schniefen und Schnauben und, wieder, ein flötendes Fauchen, das in einem Glucksen erstickte. Es mag müßig scheinen, die Begegnung mit einem Igel zu erwähnen, der so zerstreut war, daß er Jean Calmet nicht einmal bemerkte. Doch das Zusammentreffen sollte während Tagen eine wohltuende Wirkung haben: wie ein glückhaftes Omen; ein Stück freier Natur im blauen Gras am Rand taunasser Gärten im Licht des Halbmonds.

Jean Calmet sah zuerst die Äuglein unter den Oleanderzweigen hervorglänzen: dunkle Perlen in Gold gefaßt, um die herum goldgeflammte Borsten ein helles Pelzchen bildeten. Die Nase tänzelte feucht und gierig aus dem Flaum des Rüssels, wie eine schwarze Kirsche. Staunend fragte sich Jean Calmet, ob ihn das Tierchen nicht bald sehen und verschwinden würde. Etwas in ihm verlangte, fast widervernünftig, daß es dableiben sollte. Das Wesen hatte eine Botschaft für ihn. Mit sämtlichen Sinnen richtete sich Jean Calmet auf das Mondscheingesicht in den dunklen Blättern. Ein leises Rascheln, und aus dem Schatten kam der langgestreckte, bewegliche Körper mit einem runden Bauch von seltsamer Sinnlichkeit. Die kurzen Beinchen trippelten einige Zentimeter, die Nase schnupperte am Boden, der Bauch wand sich rund und üp-

pig unter dem Stachelpanzer, dessen weiße Spitzen einen silbernen Lichtkranz bildeten und damit die wundersam erdverbundene Erscheinung vergeistigten.
Jean Calmet fühlte sich plötzlich erfüllt von Gerüchen – versteckte Pfade, nasses Gras, faulender Humus, Schneckenspuren, rauhbeinige Insekten, ängstlichschlaue Nager –, wie wenn ein Schwall von Kraft aus dem tiefsten Geheimnis der Erde auf ihn übergesprungen wäre, ihn berauschte, aufrüttelte und ihn mit einer neuen Lust durchtränkte. Die ursprüngliche Natur des Tieres wirkte gewaltig inmitten gepflegter Gärten und hablicher Villen. Unversehrt und machtvoll kam es aus der Erde, das reine Wesen, wunderbar sündenlos unter seiner silbrigen Dornenkrone, es war das urtümliche Zeichen, das Jean Calmet seit langem ersehnte, das Symbol einer naturhaften Freiheit, der Beweis, daß keine Herrschergewalt die großen erdhaften Mächte unterwerfen kann, die auch inmitten geschmackloser Bauwerke wirken und überquellen.
Der Igel hob sich mit der Klarheit einer Wappenfigur vom Weg ab. Der Mond hatte den Asphalt weißgetüncht. Kauernder Igel in Silber mit schwarzem Rand, dachte Jean Calmet mit den Worten der Heraldik. Er wagte wieder zu atmen. Eine lange Minute folgte, während der ein Windhauch die Blätter in der Hecke bewegte, der Erdgeruch dichter wurde, fast aggressiv, so war er geschwängert von Dünsten der Verwesung, die gleichzeitig neu waren wie Saft und

Kraft milchiger Wurzeln. Der Igel blieb auf der Stelle, schwarz, und seine Spitzen schillerten. Plötzlich setzte er sich in Bewegung, überquerte den Weg, drang ins Gras ein und verschwand unter einem Nußbaum. Jean Calmet hörte ihn geschäftig rascheln, die Stacheln knitterten gegen Baumrinde, ein Käfer knackte in der Schnauze des Tieres, und man hörte nur noch den Wind im Gezweige. Der Schatten schloß sich. Das Nachtwesen war in sein Geheimnis zurückgekehrt.

In den Monaten, die nun folgten, sollte Jean Calmet noch einigen Augurenwesen begegnen. Doch in jener Nacht schlief er mühelos ein und ruhte sich gründlich aus. Als er am nächsten Morgen erwachte, erinnerte er sich keines bösen Traums. Kein Stier, kein Vater, der den Hang hinunterstürzte und ihn zertrampelte! Er sah darin ein glückhaftes Vorzeichen und freute sich auf die Rückkehr ins Gymnasium.

Jean Calmet schloß die Türe des Lehrerzimmers und trat in den Gang, von dem eine Ramuz-Büste schwarz und unheilvoll mit leerem Blick auf das kleine Waschbecken vor dem Sekretariat starrte. Jean Calmet ging langsam, als ob irgendein geheimer Mechanismus in ihm in Unordnung geraten wäre. Der Vormittag war zwar gut gewesen, er hatte mit dem Frohmut des Neubeginns unterrichtet... Da erfaßt ihn ein Entsetzen. Von der Kathedrale hallen die Mittagsglokken. Dröhnendes Geläute oben auf dem Hügel, Bronzeklang, der weit in die Runde schallt, Himmelsmusik der Mönche und der Bischöfe, die von Kalvinisten mit eckigem Barett abgelöst wurden. Eine Elster pfeilt in die rieselnde Lichtkrone einer Espe. Jean Calmet bleibt stehen, seine Beine versagen unter ihm den Dienst, doch sein Blick hält das frohe Bild fest, die Bäumchen, der Sandstein des Bauwerks, von der Sonne gelb überflutet, ein Dunst schwebt über der Stadt unten am Hügel. Etwas schwebt in der Luft nach dem Verklingen der Glocken, drollig, spottend, eine lange Nase drehend... Jean Calmet geht weiter, überzeugt, daß er sich als einziger ängstigt in diesem Honiglicht. Er hat gute Lektionen gegeben: Petronius, Apuleius. Seine Schüler lesen gerne mit ihm. Die Schriftsteller der Dekadenz scheinen ihnen leicht zugänglich, wie Komplizen. Sie verabscheuen Cicero und Vergil, für sie Knechte im Dienste der herrschenden Macht, deren Namen mit langweiligen Schulstunden, Aufsätzen und Übersetzungsnoten verbunden sind. Hingegen fasziniert sie der Zauber von Texten aus unruhiger Zeit, die Verwandtschaft mit dem Orient; ihr leidenschaftlicher Gefühlsaufschwung reißt sie mit, und durch jede Lektion geistern Hexen, Werwölfe und die Narrenstreiche des Apuleius. Doch die Erschöpfung, die Furcht in den Knien? Jean Calmet geht auf das Café de l'Evêché zu. Ein Mädchenschwarm in Blue Jeans überholt ihn lachend und laut schwatzend, die langen Haare fliegen über ihre immer noch gebräunten Schultern. Jean Calmet geht in die Wirtschaft, setzt sich an den einzigen freien Tisch beim Fenster. Er bestellt einen Ricard und versinkt trübsinnig in die Betrachtung der Landschaft. Nun überqueren die hübschen Gören in Jeans den Pont Bessières auf der rechten Seite, übermütig stoßen und drehen sie sich, ihr Gestikulieren zeichnet sich herausfordernd vom graublauen Himmel ab. Jean Calmet findet sie wunderbar fröhlich und stark, und wieder spürt er einen Krampf, mitten im Herz.

Er trinkt einen Schluck Ricard.

Schlecht, Ricard in den Kummer getrunken. Er schlägt zu schnell auf die Pauke. Zwei bleierne Flügel beidseitig am Schädel, das süßliche Zeug brennt, drückt den Magen in die Speiseröhre: die lärmige Gesundheit der Gymnasiastinnen liegt weit zurück. Jean Calmet sinkt in ein Unwohlsein wie in einen flauschigen Traum. Warum ist er Lehrer geworden? Um den Erwachsenen zu entfliehen? Er weiß nur zu gut, daß der schrecklichste Erwachsene immer sein Vater war und es im Tode bleibt. Die Schulzimmer, in die er eindrang und die er künftig betreten wird, sind Schutzinseln gegen die Autorität dieses Vaters, der sich mit seinem ganzen Gewicht auf die restliche Welt stürzt. Fragwürdige Schutzinsel, die nun um so mehr bedroht ist, da der Geist des Toten leichter einbricht als seine Leibesfülle! Aus welchem Grund denkt Jean Calmet gerade in diesem Moment an das spätsommerliche Berghaus seiner Kindheit mit einem fast verzweifelten Heimweh? Weil er einsam ist mit seinem Überdruß? Er sieht die Landschaft ganz deutlich: hinten aus dem Tal kommt am Abend der Wind und verjagt die Platanenblätter, sie fliegen nicht auf dieselbe Weise fort wie die Blätter anderer Bäume, sondern schwingen sich hangwärts gegen den Märchenberg mit dem Gebimmel im Schatten. Unten liegt das ausgedorrte Tal. Hier herrscht wirbelnde Frische, die die Blätter in das leuchtende Indigo des Himmels trägt... Jean Calmet sieht Vater und Mutter wieder unter der roten Lampe in der getäferten Stube sitzen, er ist mit ihnen allein, er liest *Die Schatzinsel*, er steht auf, nähert sich dem Fenster, und der Wind weht ihm seine Strähnen in die Augen. Die Szene haftet vor ihm mit eindringlicher Klarheit: das Gras rauscht um die Hütte, der Abend ist violett, das weiße Hemd des Vaters öffnet sich über angegrautem Haargekräusel, die Mutter sitzt etwas außerhalb des Lichtscheins mit einer Zeitschrift auf den Knien, man schweigt und lauscht dem Wehklagen des Föhns in den Platanen. Damals war alles möglich, sagt sich Jean Calmet, erschüttert vom Bilde des Glücks: man schnitzte Rindenschiffchen, las Seeräubergeschichten, verzierte den Butterblock mit den Gabelspitzen, glaubte das Halali der Gespenster im Dachboden zu hören, versuchte den Doktor in den Steinbrüchen zu fangen, oder man folgte den Flugkünsten der Bergdohlen am blanken Grat, ihrer Wichtigtuerei, untermalt von heiseren Schreien.

Jean Calmet leerte seinen Ricard in einem Zug, und seine Augen fielen wieder auf das Bild von früher: damals war man behütet und bewahrt, hatte das Leben vor sich, frei und offen, nichts erschütterte die zärtliche Gewißheit...
Ein Schauder durchbebte ihn. Rund um ihn bezahlten Mechaniker im Überkleid und Geschäftsleute im weißen Berufskittel ihre Zeche, bevor sie in die Garagen und Läden zurückkehrten. Die ersten Gymnasiasten begannen sie in lachenden Trüppchen abzulösen, sie setzten sich und zündeten sich Zigaretten an, bestellten Kaffee, die Burschen legten den Mädchen den Arm um den Hals. Jean Calmet konnte sich nicht zum Gehen aufraffen. Kein Entschluß. Die Kraft von heute morgen war entschwunden. Doch als eine Art Vergeltung des Gymnasiums gegen die Welt der Erwachsenen und Ernsthaften, gefiel ihm, daß das Evêché zu bestimmten Zeiten von den jungen Leuten besetzt wurde, die ihm seine Ordnung wiederherstellten. Oder seine Unordnung! Doch niemand versteht in ihm zu lesen, seit der Doktor tot ist, dieser Gedanke beruhigt ihn. Befriedigt fühlt er nach dem schwarzen Seidenband, das seit sechs Tagen am Rockaufschlag glänzt. Einige seiner Schüler grüßen ihn freundlich. Er bestellt kaltes Fleisch, um seine Fassung wiederzufinden, und zwingt sich, alles aufzuessen. Bald Viertel nach zwei, Beginn des Unterrichts: die Gruppen rufen sich zu, stehen auf, ein buntes Gelärm entsteht in der Gasse, ein Gedränge großer Kin-

der mit langen Haaren, eine Parade mit bimmelnden Halsketten, Saris, verwaschenen Jeans, Abzeichen der Atomwaffengegner, T-Shirts, kräuselnden Bärten und strahlenden Zähnen. Dann nichts mehr. Von der Kathedrale schlägt es Viertel nach. In der verlassenen Wirtsstube leert die Kellnerin die Aschenbecher in eine große Aluminiumbüchse, die sie schimpfend von Tisch zu Tisch trägt. Jean Calmet steht auf, geht und schlendert verträumt durch die Rue de la Mercerie.

Er stieß die Tür zum kleinen Laden auf und war freudig verwirrt vom Geruch des billigen Parfums, der ihm entgegenströmte. Damit die Halbstunde reich und erfüllt würde, hatte er diesen stark süßlichen Duft nötig. Er war auch froh, im Moment der einzige Kunde des Salons zu sein: Monsieur Liechti würde sich Zeit nehmen, ihn hätscheln und verwöhnen. Jean Calmet konnte sich ohne Zeugen seinem Vergnügen hingeben. Weitere Bedingung: kein ungeduldiger Blick im Rücken. Kein nervöses Rascheln mit der Zeitung, kein mahnendes Hüsteln... Herr Liechti saß in einem Korbstuhl mitten in der kleinen Bude und las eine italienische Zeitschrift. Freudestrahlend stand er auf, und für Jean Calmet war es ein beruhigendes Gefühl, die langen Pferdezähne des Coiffeurs zu sehen, die hohlen Wangen und die kahle Stirn. Ein weißlicher Kamm schaute aus dem Täschchen seiner blauen Bluse. Mit einer theatralischen Geste lud er Jean Calmet ein, in einem seiner beiden Lehnstühle aus abgenutztem Leder Platz zu nehmen. Jean setzte sich, kippte leicht zurück, und sein Nacken legte sich gegen die kühle Kopfstütze. Alsbald durchflutete ihn ein Wonnegefühl, das eine noch vollkommenere Glückseligkeit ankündigte. Doch nichts durfte überstürzt werden. Herr Liechti machte sich bedächtig ans Werk, mit peinlicher Gewissenhaftigkeit, und Jean Calmet entzückte sich an den Vorbereitungen im lautlosen Laden mit den Dunstschwaden von Kölnisch Wasser.

Es war kein Zufall, daß Jean Calmet sich gerade hier seinem Vergnügen hinzugeben pflegte. Die altertümliche Bude mit dem Jahrmarktsdekor wurde nicht oft besucht. Außerdem, und dies war ein Vorteil von unschätzbarem Wert für jeden, der ungestört in sich hineindenken wollte, war Herr Liechti nicht einer von jenen Coiffeuren, die ihr Opfer mit Sportgeplapper erschlagen. Er war schweigsam, schüchtern, und nur eine kurze Frage: «Ich tue Ihnen doch nicht weh?» kam befugterweise aus seinem schmalen Mund.

Er knüpfte eine Serviette um den Hals Jean Calmets, der sich wieder einmal über die Veränderung wunderte, die das simple Stück Leinen plötzlich mit seinem Gesicht vollbrachte. In dem Spiegel, der in der Ecke, wo er auf die Platte aus falschem Marmor stieß, leicht angerostet war, traten seine Gesichtszüge mit

einer merkwürdigen Schärfe hervor. Ihre Klarheit über dem fleckenlosen Tuch überraschte, und Jean Calmet betrachtete sich für einmal weniger gestreng und weniger mißmutig.
Monsieur Liechti nahm ein Glasgefäß vom Brett und schüttelte es über einen Aluminiumnapf, den er mit einem leicht gekörnten Mehl füllte. Er fügte warmes Wasser bei und ließ mit flinken Pinselschlägen einen Schaum wachsen, der vor dem Wandgetäfer schneeig glänzte. Minutenlang schwenkte er den tanzenden Pinsel im langsam dickerwerdenden Brei. Dann hob Monsieur Liechti seine Gerätschaft gegen das Licht und begutachtete zufrieden die Steifheit der Seifensahne. Erst jetzt begann er sie auf Jean Calmets Gesicht aufzutragen, in breiten Streifen, die er mit raschem Pinsel überwirbelte. Lange seifte er die Haut des Kunden ein, der die Augen schloß und den Kopf unter dem andauernden, kräftigen Druck nach hinten neigte. Das Einseifen erfüllte Jean Calmet mit Ruhe und einer Frische, die ihn bis in die Knie durchzitterte.
Jetzt ergriff Monsieur Liechti sein Rasiermesser und wetzte die lange Klinge auf dem Streichriemen, den er wie einen breiten Gürtel mit der linken Hand hielt. Es war ein blitzendes Stahlmesser, mit gelbem Horngriff, und seine Schneide zischte rasch und regelmäßig über das Leder. Er prüfte mit dem Daumen die Schärfe und sagte mit seinen weit auseinanderstehenden Zähnen lächelnd:

«An die Arbeit, Herr Calmet!» Und, den Rasierpinsel in der Linken, frischte er den Seifenseim an Wangen und Kinn auf.

Das Messer begann mit bewundernswertem Zartgefühl über die Haut des Patienten zu gleiten. Rund um die Backenbärte zuerst, die Grenzlinie klar markierend, dann über die Wangen, wobei die Symmetrie der Bewegungen beachtet wurde: ein Streich links durch knirschende Stoppeln, unverzüglich gefolgt vom gleichen Schnitt auf der rechten Wange, und weiter ging die Operation bis zu den Mundwinkeln; schon hüpfte das Messer auf die andere Seite, der Mund verzog sich, damit die Haut sich spannte und sich so der schneidenden Klinge flacher und behaglicher darbot. Um ja nichts dem Zufall zu überlassen, legte Monsieur Liechti das Messer noch einmal oben an die Wangen und fuhr behutsam über die gesäuberte Hautstelle.

Jean Calmet hielt die Augen geschlossen und genoß die kühle Glückseligkeit. Leicht und luftig durchdrang ihn ein Gefühl des Friedens, jeder Messerstreich war für ihn eine beglückende Liebkosung. Vergessen waren Einsamkeit und Erschöpfung. Er gab sich diesen hageren und geschickten Fingern hin, der kalten Klinge, dem säuerlichsüßen Geruch von Bluse und Bude, dem regelmäßigen Geräusch des Messers, dem sanften Kratzen, dem Zischen und Gleiten, das ihn wiegte, einschläferte und die Oberfläche seiner Haut mit Sinnlichkeit überflutete. Jetzt

drückte ihm Monsieur Liechti entschlossen den Kopf zurück und machte sich an das Kinn mit feinen Kreiselbewegungen: die Klinge glitt noch vorsichtiger, wendete, kam flach unter die Lippe und schabte beharrlich, während der Coiffeur mit Zeigefinger und Daumen die Haut zwickte, kniff und glattstrich und sie so für das Rasiermesser zurechtlegte.
Dann senkte sich die Schneide über den Adamsapfel, folgte dem Serviettenkragen und fuhr mit feinem Kitzeln kehlaufwärts, linke Seite, rechte Seite, kam zum Ohr, fuhr wieder abwärts, verweilte in einer bisher unberührten Gegend, lief zu den Backenbärten, erreichte die Nasenflügel, kritzte und kratzte mit der abgerundeten Spitze, scheuerte die Wangen, scharrte am Kinn.
Jean Calmet jubelte innerlich.
Monsieur Liechti legte sein Rasiermesser auf die Platte aus falschem Marmor.
Er goß etwas warmes Wasser in den Schaum, rührte mit dem Pinsel in der Schale, überkleisterte Wangen und Hals von neuem, ergriff das Messer, wetzte noch einmal die Klinge, und ganz langsam, als ob er nur den Schaum entfernen wollte, schob er sie über alle Gleitbahnen des Gesichts, das im Spiegel hauchzart schimmerte.
Monsieur Liechti hob einen Zipfel der Serviette, legte einen heißen Schwamm hinein, streifte Jean Calmet hinter den Ohren und unter den Backenknochen. Schon öffnete er eine große Flasche aus glanzlosem

Glas und besprenkelte die Haut mit einem ätzenden Eau de Cologne, sauersüß wie ein Jahrmarktbonbon, das ganze Gesicht brannte plötzlich und wurde sofort eisigfrisch, als der Alkohol verdunstet war. Monsieur Liechti schüttelte die Serviette aus und fächelte Jean Calmet Luft zu, das Prickeln erfaßte den ganzen Körper.

«Ein wenig kämmen, bitte!»

Monsieur Liechti brachte geruhsam Jean Calmets Haare in Ordnung.

Es war vorbei.

Jean Calmet zahlte, drückte Herrn Liechtis Hand, blieb einen Augenblick auf der Schwelle stehen. Gut war die Luft, golden das Licht. Der September ging seinem Ende entgegen, die Nachmittagssonne rötete die alte Gasse... Jean Calmet atmete mit vollen Lungen und schlenderte dann den Schaufenstern der Krambuden entlang. Er dachte an das Vergnügen von vorhin, er blieb entspannt, eine seltene Freude beschwingte ihn: in seinen Fasern war etwas wie eine junge Kraft. Jean Calmet betrachtete die Passanten mit neuer Sicherheit, musterte Gesicht und Kleider, prüfte ihren Gang, bewunderte die Frauen vor allem, forschte in ihrem Blick, staunte über die anmutige Vielfalt und das Leuchten ihrer Augen. Mehrere gaben einen Blick zurück, der Jean Calmet bis tief in den Schädel hinein brannte. Er konnte also glücklich sein, auch er? Er konnte jemandem etwas bedeuten, beachtet und von einer Frau in der Menge betrachtet wer-

den? Man interessierte sich für ihn, erkannte ihn? Es schien ihm, ein Weibsbild schiele ihn unverfroren an, durch die Schaufenster kreuzte er den Blick mit Verkäuferinnen, die sich nicht sofort wegwandten. Jean Calmet blieb stehen, besah sich genüßlich die Haare, die Hautarten, die Gesten, er suchte Wünsche und Enttäuschungen zu durchschauen, er verfolgte Spuren, ersann sich heimliche Treffen und Intrigen, erfand gebildete und wollüstige Briefwechsel, eine herbstliche Ernte von endloser Zärtlichkeit.
Er beeilte sich nicht. Seine Lektionen von morgen waren schon vorbereitet, der Gedanke daran gab ihm neuen Anlaß zur Freude. Zu Ehren der *Metamorphosen* nannte er zwei Zwillingsschwestern Photis und Psyche, blond und gebräunt kamen sie aus einer Pop-Boutique, beladen mit großen Plastiksäcken in bunten Farben. Er verschlang beim Gehen einen Hot Dog und kehrte zu einem Bier in das Café du Pont ein, von wo aus er sich in den Anblick des Gewühls an den Türen der Warenhäuser versenkte.
Die Lichter gingen an.
Die septemberliche Milde umfing wie ein Lichtkranz Leute und Dinge, die im rosigen Abendschein von den Straßenlaternen beleuchtet wurden.
Als er zur kleinen Place de la Palud kam, glaubte er ohnmächtig zu werden, er schwankte und mußte sich gegen eine Hauswand lehnen, um nicht zu stürzen: auf der gegenüberliegenden Seite des Platzes schritt ruhig sein Vater einher. Sein Vater! Schweißüber-

strömt krallte Jean Calmet die Fingernägel in den Sandstein des Stadthauses. Er starrte auf das Gespenst: es war der Doktor, kein Zweifel, der schwere Schritt nahm friedlich vom Trottoir Besitz, die breite Gestalt, das rote Profil unter dem schiefen Hut. Die Erscheinung hielt vor einer Wirtschaft, streckte die Hand zum Türgriff... Entsetzt strich Jean Calmet mit den Fingern über die triefende Stirn. Er konnte nicht mehr überlegen, er zitterte, er atmete heftig, und auf der andern Seite des Platzes, zwanzig Meter weit weg, lief der schreckliche Zeitlupenfilm, sein Vater stößt die Wirtshaustür auf, grauenerregend, die dicke Gestalt geht in das Lokal, die Tür schließt sich.
Das Bewußtsein erwachte wieder mit einem Gefühl bitterster Kälte, die ihn von den Füßen zum Kopf eisig durchschauerte. Ein Lastwagen fuhr vorbei, verdeckte das Wirtshaus, in dem das Gespenst jetzt seinen Weißwein trinken mußte, den Hut vor sich auf den Tisch gelegt. Jean Calmet entschloß sich plötzlich, lief über den Platz, stürmte in die Gaststube: kein Doktor. Vier oder fünf Eigenbrötler schlückelten an ihrem Glas, und ganz im Hintergrund, unter der Wanduhr, ein dicker Mann mit schwammig gerötetem Gesicht und runden Schultern, das Auge matt vor Erschöpfung... War das der Mann, den er für seinen Vater gehalten hatte? Undenkbar. Wenige Minuten zuvor war der Doktor gemächlich über das Kopfsteinpflaster geschritten, Jean Calmet hatte sein Profil und den schwerfälligen Gang deutlich erkannt,

der Vater trug seinen Hut schief auf dem Kopf, seine Hosen wanden sich in Falten, seine fleischige Kraft strahlte... Jean Calmet ging nach Hause. Der Angst folgte Mitleid: sein Vater war tot, und er kam zurück zu den Lebenden als ein ruheloser Geist, weil er unglücklich, bedrückt und vielleicht verzweifelt war. Wer konnte ihm helfen? Welche Unterstützung konnte man aus dem Jenseits erwarten? Ein Gefühl des Ekels zog Jean Calmet den Magen zusammen. Er würde also nie Frieden finden. Keine Atempause. Die herbstliche Feuchtigkeit legte sich ihm auf die Schultern. Er verkroch sich fröstelnd in seinen Bau und stopfte sich mit Schlafmitteln voll, damit er ganz gewiß schlafen konnte.

Am nächsten Tag dauerte der Ekel an. Nach der Schule kehrte Jean Calmet nach Hause zurück und wollte den Stoß von Kondolenzschreiben beantworten, der seit einer Woche auf seinem Tisch lag. «...Tiefbewegt von Ihrer Besorgnis..., gerührt von Ihrem Mitgefühl...», er reihte Formeln aneinander und wurde vom Schreiben abgelenkt durch den Gedanken an die Briefpartner, ehemalige Schüler, Studienfreunde: zwischen sein Schreiben und ihn stellte sich eine ganze Galerie höhnischer Richter, die in die armselige Leere der ständig wiederkehrenden Klischees eindrangen. Noch heimlicher hatten sich am Nachmittag Furcht und Zweifel in ihn eingeschlichen und wuchsen unaufhörlich, seit er die schwarzgeränderten Briefumschläge wieder geöffnet, die Trauerschreiben gelesen und seine Antwort begonnen hatte. Er dankte den Leuten, daß sie ihm zum Tode seines Vaters geschrieben hatten. Doch gestern, am Palud, das Gespenst... War der Doktor wirklich tot? Den ganzen Vormittag schalt sich Jean Calmet wegen seiner lächerlichen Visionen. Er hatte sich einen Nachmittag lang von einer trügerischen Lebensfreude in die Falle locken lassen, und zur Strafe kam die Erscheinung, das Gespenst, das fratzenhafte Wahnbild. Auf der Zunge lag der bittere Geschmack der Schlafmittel, in seinem Herzen ein Vorwurf, der den ganzen Vormittag nicht schweigen sollte; er hatte sich zwar geschworen, daß er sich nicht wieder von diesem Trugbild blenden lassen wollte. Der Doktor auf dem Weg durch die Stadt! Wie erregbar mußte man sein, um sich von der ersten zufälligen Ähnlichkeit erwischen zu lassen. Er fand nicht genug Worte des Tadels. Heute abend lagen die Dinge weniger einfach. Unruhe erfaßte ihn. «... seit Ihr Vater tot ist, lieber Jean...» Er stieß den letzten Brief zornig von sich und entnahm seiner Mappe einen Leitfaden der Gesundheitslehre, den er am selben Nachmittag in der Bibliothek des Gymnasiums entlehnt und dabei achtgegeben hatte, daß ihn niemand sah.

Er schlug Seite 215 auf und las wieder mit äußerster Aufmerksamkeit den Abschnitt, den er zwischen den Bücherregalen in aller Hast überflogen hatte. Er trug die Überschrift *Die Anzeichen des eingetretenen Todes.* Jean Calmet entzifferte ihn Wort für Wort:

Außer dem Aufhören der Atmung gibt es folgende Anzeichen dafür, daß der Tod eingetreten ist:

1. *Stillstand von Puls und Herzschlag.*
2. *Die Hornhaut des Auges wird trübe und glanzlos; ihre Berührung ruft keine unwillkürlichen Lidbewegungen mehr hervor.*
3. *Die Körpertemperatur sinkt: unter 20° ist der Tod gewiß.*
4. *Das Auftreten der Totenstarre.*
5. *Das Auftreten von Totenflecken: bläulichrote bis bläulichgrüne Flecken am Rücken, später im Gesicht, an Ohren und Lippen.*
6. *Die ersten Zeichen der Verwesung: dunkle Verfärbung der Haut und Leichengeruch.*

Zugleich schämte sich Jean Calmet, dieses blödsinnige Buch entlehnt zu haben. Er empfand sein Verhalten als kindisch: Er sah sich wieder in der Bibliothek, unruhig, wie er verstohlen das Lehrbuch in die Mappe gleiten ließ... Sein Vater war am 17. September gestorben. Man hatte ihn am zwanzigsten im Krematorium verbrannt. Unmittelbar nach seinem Hinschied hatte Doktor Groß den Totenschein ausstellen müssen. Groß hatte den Tod festgestellt. Den richtigen Tod. Den endgültigen Tod, aus dem keiner zurückkehrt. Jean Calmet begann über die grünlichblauen Leichenflecken nachzusinnen. Die dicken weißen Schenkel wie Stukkaturen mit Verästelungen marmoriert. Jean Calmet litt beim trivialen Gedanken an Gorgonzola, den weißlichen Teig, grünlichgrau durchzogen mit schimmliger Krume wie von toten Äderchen im erstarrten Fleisch. Dreckiges Getüpfel an Waden und Knien. Beulen, violette Quetschungen, blutunterlaufene Striemen. An den Knien! Jean Calmet entsann sich eines Details, das man sich gemeinhin über Krematorien erzählte: die Kniescheiben widerstanden dem Feuer, der Aufseher mußte sie mit der Schippe aus der Asche holen, dann warf er sie in einen Beutel aus Sacktuch, der bald einer Tasche mit aneinanderklingelnden Murmeln glich. Kindliche Vorstellung! Aber einen Augenblick belustigte sich Jean Calmet an dem Schauermärchen, das ihn vor der bedrückenden Angst ablenkte. Seine Gedanken geisterten um den glühenden Rost des heiligen Laurentius, die flammenden Scheiterhaufen der Inquisition, die Verbrennungsöfen von Auschwitz. Gutes Geschäft, dachte Jean Calmet. Tatsächlich die Endlösung. Man nehme einen Ketzer, schlage ihn, sperre ihn ein, belege ihn mit Buße, verhänge Acht und Bann über ihn, fange ihn wieder ein, schlage ihn erneut, und er will immer noch nicht schweigen, er bleibt verstockt, redet hartnäckig weiter! Verbrennt ihn. Er schweigt. Ihr nehmt ihm sogar seine Form. Das Feuer! Das reinigende, schöne Feuer! Euer Mensch ist nur noch ein Häufchen Asche, in den Fluß zu schütten oder in den Wind zu streuen. Und niemals hat man Asche sprechen gehört! sagte sich Jean Calmet befriedigt. Doch sogleich sah er das ganze Ausmaß seines Fehlers ein. Im Gegenteil! Die Asche redet um so lauter, je gräßlicher das Martyrium ist. Nie bringt man die sterblichen Überreste Verfolgter zum Schweigen. Die Kreuze der Inquisition, die hexenbeschwörenden Johannisfeuer, die aufgestapelten Schuhe und angehäuften Goldzähne von Auschwitz sind Siegesschreie. Die Asche ist lebendig, beredsam, rachsüchtig, sie wird wieder Fleisch, sie stürmt erneut vorwärts, sie lehrt, triumphiert, sie verfolgt die Verfolger! Der Scheiterhaufen des Heiligen hat mehr Macht als die Brandfackeln seiner Henker. Sie kehren wieder, die durch die Flamme sterben, und beginnen zu reden. Und die vom Feuer zerstörten Körper... Die Vorstellung von seinem Vater im Ofen des Krematoriums Montoie brachte Jean Calmet aus der Fassung. Das Fleisch des Doktors war in der abscheulichen Hitze zerkracht, berstende Risse seiberten Fett aus und spuckten Wasser, Löcher klafften mit sich blähenden Rändern, weißiger Seim schmorte in rauchenden Scharten, der ganze gequälte Körper krümmte, verkrallte und verknotete sich, zerbrach und sackte bröckelnd auf den Boden des Ofens als klebriges Glutgebilde, das einschrumpfte, sich flachstreckte und langsam erkaltete, ein bleiiger Teig aus Knochen und Innereien, dann Schlacke, armseliger

Sand, dünner Staub im Dunkel des Ofens, dessen Heizkörper ebenfalls abkühlen und sich knackend zusammenziehen... Traurigkeit würgte ihn. Die Erschöpfung aus Schrecken und Scham erdrückte ihn. Er hatte Mühe, an dem mit Büchern und Schülerarbeiten überhäuften Tisch sitzen zu bleiben, es war, wie wenn ihm ein heftiger Hieb das Rückgrat unter den Schulterblättern zerschmettert hätte, der Schmerz schnürte ihm den Rumpf ein, zermalmte ihm die Lunge und lastete bleiern auf dem Herz. Seine Lampe warf ein zweifaches Licht, weiß nach unten, rötlich nach oben, auf die mit Büchern und Kupferstichen überdeckten Wände seines Büros. Sein Büro! Wieder ein Ausdruck, den er in Lutry übernommen hatte, wie man eine Krankheit erwischt. «Papa ist in seinem Büro. Papa ruft dich ins Büro. Beeil dich! Aber Jean, was wartest du, Papa will dich im Büro sehen!» Man mußte alles liegenlassen, laufen, die Treppenstufen hinab, die Tür zur Höhle aufstoßen, wo der rote Doktor im Schein seiner Lampe hinter Karteizetteln und Dossiers leuchtete, während der Schatten seiner Gebärden riesenhaft über die Bücherwand schwebte. Und dann die Stimme. Sofort ein gereizter Ton, vielleicht weil der Doktor zu sehr mit Arbeit überlastet war, als daß er Zeit gehabt hätte, sich genauer zu erklären und andere anzuhören, die ihm ohnehin nachgaben? Jean Calmet erinnerte sich an seine Verhöhnung: er stand vor dem Vater, dachte nur an die Gelegenheit zur Flucht, doch er mußte die Befehle anhören, den Wortschwall über sich ergehen lassen. Gelächter, Wutschreie, Witzeleien, die ganze geballte Kraft, die sich wie ein Gewitter über ihm entlud. In einem selbstherrlichen Ton. Mit Augen, die sich ins Herz einbrannten. Es hagelte kränkende Worte:

«Du Tölpel, du Schwachkopf, du bist zu nichts zu gebrauchen. Wenn ich mir vorstelle, daß ich mich umbringe euretwegen, und ganz besonders deinetwegen, damit du studieren und angenehm leben kannst, und was habe ich als Dank, einen Weichling, einen Schlappschwanz, einen Waschlappen, der mir den lieben langen Tag das Maul hängen läßt. Wenn du dir wenigstens beim Studieren Mühe gäbest! Aber nichts und wieder nichts. Ein Blindgänger. Monsieur drückt sich vor den Examen, schwänzt die Seminare und verbummelt den Tag in den Wirtshäusern der Stadt. Beim Zechen. Und mit wem, wenn ich fragen darf? Mit Tagedieben wie er einer ist, mit Räsonierern, mit Schmarotzern und Phrasendreschern. Schöne Gesellschaft. Und deine Bücher? Deine Vorlesungen? Dein berühmtes Latein? Alles Firlefanz! Monsieur macht blau, Monsieur strolcht herum, Monsieur diskutiert, Monsieur schreibt Gedichte. Und was tue ich die ganze Zeit? Ich arbeite, jawohl, Monsieur! Ich renne, operiere, mache Krankenbesuche, habe Sprechstunde, dann Spital, den ganzen Scheißdreck von Schreibarbeit mit Versicherungskarten und allem, nicht eine Minute habe ich für mich, ich schlinge mein Essen hinunter, komme nicht mehr zum Schlafen, Tag und Nacht bin ich auf den Beinen, ich opfere mich für dich, ich rackere mich ab bis aufs Blut, ich mache mich kaputt, ich sage es in allem Ernst, mein Bester, ich bringe mich um für euch, ich bringe mich um für dich!»

Die Donnerstimme erfüllte das Büro. Die schrecklichen blauen Augen blitzten im roten Gesicht. Die Schultern des Doktors hoben sich vor Empörung, Hustenschwälle schüttelten ihn, er schnaufte, brüllte, erstickte vor Zorn.

Leicht gekrümmt stand Jean Calmet vor ihm, die Hände geöffnet, und betrachtete entmutigt seinen Meister im Wutrausch. Was sollte er antworten? Das war das Schmerzlichste: sein Vater lähmte ihn. Er hätte ihm zurufen mögen, daß er sich irre, daß er ihn liebe. Daß er sein Studium nicht ohne Freude betreibe. Daß er sich mit Leidenschaft in die lateinischen Schriftsteller versenke. Daß er ihm für die guten Arbeitsbedingungen dankbar sei. Aber nichts kam aus seinem Mund. Jean Calmet blieb blöd und stumm, mit verstockter Sündermiene, und gerade das brachte den purpurnen Doktor zur Raserei. Unmöglich, sich aus dem schrecklichen Schweigen zu befreien und ihm alles zu sagen über seine Einsamkeit und Verzweiflung, unmöglich, sich ihm an den Hals zu werfen, ihn zu umarmen, an seinen felsenfesten Schultern zu weinen, die Wange an jene rauhe Wange zu legen, die kratzenden Bartstoppeln zu spüren wie einst, mit dem

Ohr an Vaters Kehle die kräftige Stimme zu hören...
«Und jetzt pack dich, du Trottel. Du bist ebenso dumm wie deine Brüder und Schwestern. Und zu sagen, daß ich mit achtundfünfzig Jahren nicht weiß, auf wen in diesem Haus ich mich auch nur einen Augenblick verlassen kann!»
Achtundfünfzig. Ein alter Mann. Oder nicht? Jean Calmet erinnerte sich mit tiefster Beschämung an die Sache mit Liliane. Liliane war ein hübsches Mädchen aus Paudex, oder sogar schön, große braune Augen, Ponyschwanz, groß, frisch, die Brüste hüpften im gut sichtbaren Büstenhalter unter dem Leinenhemd. Siebzehn Jahre. Etwas gewöhnlich vielleicht, der Vater Handlanger, fünf oder sechs Kinder im Dachstock eines armseligen Fischerhäuschens. Ohne Arbeit, Liliane. Eine Verkäuferinnenlehre nach zwei Wochen aufgegeben. Sie bummelte am Strand von Lutry herum, trank Coca und rauchte auf der Terrasse des Hôtel du Rivage. Dort hatte sie Jean Calmet kennengelernt. Drollig, rundlich, pleite, die beiden hatten sich einen Sommermonat lang jeden Nachmittag getroffen, sie lagen am Strand, schwammen im See, mieteten ein Ruderboot, fuhren hinaus und kehrten gemächlich zurück... Liliane lachte, bräunte, blühte auf. Jean Calmet wagte ihre Brüste nicht zu berühren, er küßte sie schnell vor der Haustür und erwartete mit wachsender Ungeduld das nächste Rendez-vous. Liliane war stets pleite. Gegen Ende des Sommers hatten die Eltern verlangt, daß sie eine Stelle als Ver-

käuferin oder Aushilfe im Gaswerk annehmen müsse. Jean Calmet verzweifelte beim Gedanken, daß er sie verlieren sollte. So kam ihm eine Idee. Sein Vater klagte unaufhörlich, er ertrinke in den Büroarbeiten, die Versicherungskarten nähmen ihm einen Haufen Zeit weg, und außerdem sei das alte Dienstmädchen bald nicht mehr imstande, die Aufgabe einer Empfangsdame richtig auszuüben. Warum nicht Liliane einstellen? Für einmal hatte der Doktor eine Idee mit Befriedigung aufgenommen. Liliane hatte am 30. August in Les Peupliers begonnen.

Rasch war sie verändert. Schon in der ersten Woche, obwohl die Praxis am Donnerstag geschlossen war, weigerte sie sich, mit Jean Calmet auszugehen, er war traurig um das Haus herumgestrichen, zwischen Haufen von Sand und Zement unter der drückenden Sonne des Hafens von Paudex. Gegen sieben hatte er sie endlich heimkommen sehen, er war zu ihr geeilt, aber sie hatte sich eilig in den Flur geflüchtet, er hatte von unten gerufen:

«Liliane, Liliane, warte auf mich!»

Sie hatte sich umgedreht, mit einem Blick, der ihm traurig und beschämt schien. Doch dies wußte er erst später, als er sich an alle Begegnungen mit ihr erinnerte, ihre Launen, ihre Blicke, ihr Schweigen.

«Liliane!»

Keine Antwort. Diese Augen. Der Blick voll Bedauern. Die Eingangstür steht noch offen, die Abendsonne ergießt sich in den kühlen Flur. Liliane steht auf der Treppe in einer Flut von Licht, die Brust atmet unter dem Stoff, die nackten Beine glänzen... Sie kehrt sich um, versinkt in den Schatten, Jean Calmet hört sie die Treppe hinaufstürmen. Eine Tür schlägt zu. Alptraum. Er geht wieder in die Sonne, geblendet, die Augen voll Tränen, er kehrt dem Ufer entlang zurück.

Auch in den folgenden Tagen wich sie ihm ständig aus. In Les Peupliers begegnete er ihr beim Hauseingang am Morgen; er kreuzte sie im Vestibül oder erblickte sie plötzlich, wenn er im Garten zu lesen versuchte, ihr Kopf erschien an einem Fenster des Warteraums oder des Sprechzimmers im Erdgeschoß, sie entdeckte ihn mit Bestürzung, grüßte ihn müde, und schon blitzten die Scheiben, das Fenster ging zu, Liliane verschwand im Zimmer. Dies hatte einen Monat gedauert. Einen Monat voll Verdruß, voll Zweifel, voll Ungeduld. Jean Calmet aß nicht mehr. Schlief schlecht. Oder überhaupt nicht. Bemerkte er Liliane am Ende eines Flurs, so flüchtete er nun selber. Er versteckte sich vor ihr. Er litt. Aber sein Elend wurde noch schlimmer, als er die Wahrheit entdeckte.

Es war an einem schönen Herbsttag gegen Abend. Die Sprechstunde mußte zu Ende sein. Jean Calmet benötigte ein Lexikon, das sich im Studierzimmer des Doktors befand. Er ging hinunter ins Erdgeschoß, etwas unruhig, und klopfte wie üblich zweimal kurz: keine Antwort. Er wartete einige Augenblicke, dann trat er ein. Rechts war das Sprechzimmer leer. Zerstreut ging er durch den Gang, stieß die Bürotür auf, und die Szene war wie ein Schlag ins Gesicht: mit entblößten Brüsten stand Liliane da und schmiegte sich an den Doktor, der sie hemmungslos küßte. Lilianes Schultern, Oberkörper und Bauch waren von Licht überrieselt, sie wandte sich erschrocken um, und zum erstenmal sah Jean Calmet die rosigen Spitzen auf dem üppigen runden Busen des Mädchens. Der Doktor atmete schwer. Niemand rührte sich. Einige Sekunden vergingen, niemand sagte etwas. Dann machte Jean Calmet einen Schritt zurück und schloß die Türe. Ein Schwindel überkam ihn. Eine Sekunde lang. Zwei Sekunden.

«Scheiße!» schrie die rauhe Stimme des Doktors jenseits der Wand.

Jean Calmet flüchtete, schloß sich in sein Zimmer und sank in einen Stuhl. Das war vor fast zwanzig Jahren. Er war damals neunzehn; er sollte sein zweites Phil. I-Semester beginnen. Zwanzigjährig, und das Gefühl von Trauer, Schande und Erniedrigung verging nicht. Er sah sich auf seinem Stuhl zusammengeklappt, unbeweglich, schweigend, nicht einmal weinen konnte er. Und Liliane nackt im blendenden Licht. Und seinen Vater rot, keuchend, zornig. Und sich selbst, zerschlagen vor Schmerz. Doch warum hatte Liliane dem Saukerl so leicht nachgegeben? Er sollte es sein ganzes Leben nicht erfahren. Er hatte sie einige Tage nachher wiedergesehen, und diesmal hatte sie ihm nicht auszuweichen gewagt. Sie waren ein paar Schritte dem See entlang gegangen. Gereizt, verkrampft, Jean Calmet:

«Liliane, hast du mit ihm geschlafen?»

Er hatte immer noch den gemeinen Ton ihrer Antwort in den Ohren:

«Na und, er hat mich entjungfert. Einmal mußte das ja sein, nicht?»

Er liebte sie. Sie war siebzehnjährig. Er neunzehn. Sie war Frau; er unerfahren, verletzt bis in die tiefste Seele, verängstigt, er wußte nichts zu sagen, was seine Verwirrung und seinen Kummer auch nur annähernd ausgedrückt hätte. Trotzdem betrachtete er sie mit heftiger Neugier: die fleischigen Lippen über den breiten Zähnen; die Locke in den großen Augen, die sich nicht mehr abwandten; der gebräunte Hals in der Bluse, in der die Brüste schaukelten... Hinter ihr goß die Siebenuhrsonne Flammen über den See, orange Wolken standen still, weiße Schiffe kreuzten weit im See draußen unter dem grünen Hang von Savoyen. Wer entscheidet für uns? Wer triumphiert in der Schönheit der Welt? Welche Angst, vom Licht des Abends zu trinken wie von einem Gift? Liliane war Frau, der Doktor war ihr Liebhaber. Sein eigener Vater. Jean Calmet krallte die Nägel in die Handballen. Sein eigener Vater hatte diesen Mund vernascht. Den Duft dieses Nackens eingeatmet. Die Brüste mit den rosigen Warzenhöfen befummelt. Ihr die bronzenen Beine geöffnet. Er war in diesen Bauch eingedrungen. Der Meister hatte gefordert, was ihm zustand. Besitz davon genommen. Und es ging weiter. Alle fügten sich. Alle gaben nach. Er herrschte. Er ergötzte sich an ihrer Unterwürfigkeit. Er hatte dieses junge Fleisch verlangt als einen Tribut an seine Macht. Das Mädchen gehörte ihm. In seinen Armen hatte sie sich gefügt. Unter seinen Händen hatte sie gestöhnt, gekeucht unter der unerschütterlichen Kraft. Er war der Vater! Der Mann der Stärke, der Gebieter, das Gesetz! Achtundfünfzig Jahre. Siebzehn. Doch das Gesetz... Jean Calmet verwarf gleich den Gedanken an Verführung einer Minderjährigen: der Doktor hatte das Mädchen nicht verleitet, nicht verführt. Er hatte ein Recht ausgeübt. Wer könnte das bestreiten? Jean selbst unterwarf sich dieser Herrschaft, er war beschämt darüber, zornig, aber er beugte sich der unanfechtbaren Macht seines Vaters... Ein schöner Abend, gewiß. Das grüne Savoyen, der Himmel verbrennt den See wie schmelzendes Kupfer, und davor steht Liliane, die ihn jetzt mit einer Art Zärtlichkeit betrachtet, wie wenn noch alles möglich wäre, wie wenn die Spaziergänge von neuem begännen. Wie wenn sich nun nach dem Vater auch der Sohn auf dieses Fleisch stürzen würde. Jean Calmet konnte das häßliche Wort nicht ausstehen. Dieses Fleisch? Wer sagte so dreckige Dinge? Und er fand wieder seinen Vater, den unfehlbaren Doktor, wie er das Fleisch betastete, die Muskeln knetete, in den muffigen Behausungen, nach dem ratternden Lift oder der dunklen

Treppe, wenn er ihn zu den Armen begleitete, zu den Erniedrigten, den Unglücklichen, die den Doktor anflehten, er möge ihnen noch ein wenig Zeit zu leben geben. In diesem Moment hatte Jean Calmet so etwas wie eine Erleuchtung: Auch die Kranken liebten den Doktor. Sie bewunderten ihn auf ihre Weise. Der Doktor war großzügig. Er war hilfsbereit. Er kam, er schreckte vor keiner Arbeit zurück. Er balgte sich mit den Versicherungsgesellschaften. Er organisierte die Bestattung. Er folgte dem Trauerzug. Er sprach einige Worte über dem Sarg. An ihr graues Bett brachte nur er den Lärm, die Witze und das ganze Leben der Außenwelt. Liliane war von dieser Macht besiegt worden. Und er, Jean, der armselige Zwerg? Das schöne Mädchen mit dem zarten Leib war vernachlässigt worden. Vater Handlanger. Zu viele Kinder in einem Raum. Und was dann? Ein nervöser, verwirrter Student? Der Doktor strahlte vor Lebenslust. Jean Calmet sah Liliane zärtlich an. Sie waren Bruder und Schwester, diese Zartheit und er. Sie hatten denselben Schmutz erlebt. Die Tyrannei. Sie würden sich darüber erheben können. Sich wiederfinden. Aus dem Teufelskreis entfliehen. Eines Tages gab es einen Ausweg. Der Doktor würde sterben. Dann würde man sehen, wer in das wahre Reich einginge.

Doch mein Reich ist nicht von dieser Welt? Jean Calmet fand sich plötzlich befreit, leicht, gereinigt von jeglichem Zorn. Eifersucht? Die würde er nicht hätscheln. Er wußte es. Er verjagte sie aus seinen Ge-

danken wie eine alte Angst. Der Himmel wechselte in goldenes Grau. Der See wogte in Ambra. Frankreich auf der andern Seite nahm rötliche Farben an, Tönungen wie der Wald im Spätherbst oder der Pelz eines Eichhörnchens. Ein fischiger Geruch, wohlig anekelnd und beruhigend, strich um die Kloaken der Bucht von Lutry. Ein Ruderboot landete. Leute gestikulierten auf einem Kahn. Streit? Ein Mädchen voll strotzender Jugend schaute ihm in die Augen.
«Jean! Früher oder später mußte es ja...»
Er hatte nicht die Geduld gehabt. Plötzlich hatte er ihr den Rücken gekehrt, war durch den Kies der Mole davongelaufen, Sand hatte in seinen Sandalen geknirscht wie ein letzter Ruf des Sommers. Liliane! der Sommer!
Daran erinnerte er sich wieder, als er an seinem großen Tisch vor den Büchern und Karteien saß, mitten in der buntbevölkerten Nacht. Er strich mit der Hand über die Kehle: der Bart begann wieder zu stechen. Wie im Gesicht der Leichen... Verschrumpelt, Jean Calmet. Gut so. Er stand auf, prüfte sorgfältig, ob die Tür verschlossen war, das Fenster, kontrollierte den Herd, putzte die Zähne, rasierte sich, duschte, schmökerte wieder in seinen Bücherregalen, öffnete die Baudelaire-Ausgabe der Pléiade, schloß sie, trank ein Glas Contrexéville und fand es ebenso fade wie sein Leben, kehrte zu Baudelaire zurück, stocherte in einem Stapel und fand die Photo von Nadar, empfand die schrecklichen dünnen Lippen wie ein Hohn-

lächeln, rezitierte zwei Verse des *Chant d'automne*, fröstelte, löschte das Licht, atmete im Dunkel, während ein oder zwei Wagen den Vergaser knallen ließen hinter Gärten, in denen einfältige Tiere, Igel, ebenso verängstigt wie er, die Abgase der Stadt einpumpten.

Die Beisetzung der Urne erfolgte am Freitag, den 20. Oktober. Mitten im Nachmittag. Eine klägliche Sonne vergilbte den Friedhof, und in den Lichtstrahlen bildeten rostrote Heidekrautbüschel etwas schmierige Tupfen wie Blutflecken auf bernsteinfarbener Wäsche. Jean Calmet fand seine Mutter vor dem Krematorium, in einem schwarzen Astrachanmantel, sie war bleich und gebeugt. Seine Geschwister umringten sie. Punkt vier Uhr kam der Vertreter des Bestattungsinstituts die von Kreuzen und verschnörkelten Grabdenkmälern gesäumte Mittelallee herunter, den schwarzen Hut in der Hand, und der Krematoriumsverwalter, ebenfalls im anthrazitfarbenen Anzug und Hut, trat am Eingang zur Kapelle zu ihnen.
Beide verneigten sich vor der Witwe, drückten ihr lange die Hand, grüßten jedes ihrer Kinder mit ernster Würde.
«Es ist Nische Nummer 157», sagte der Verwalter. «Die Urne ist heute morgen gebracht worden. Wie üblich wurde die Asche nicht in Anwesenheit der Familie eingefüllt. Selbstverständlich können Sie sie aber sehen. Wenn Sie mir folgen wollen...»

Die kleine Prozession betrat den Friedhof, durchschritt eine Allee, stieg eine Treppe zwischen Buchshecken hinauf, kehrte und gelangte in eine andere Allee zwischen Gräbern und Sträuchern, endlich kam man zum Kolumbarium, dessen Gittertore offenstanden.

«Bitte, treten Sie ein, Madame», sagte der Verwalter und wies mit dem schwarzen Hut in das gewölbte Innere.

Etienne nahm den Arm der Mutter, und alle betraten das kleine Gebäude. Das Tageslicht drang durch winzige Luken herein. Jean Calmet sah sich um: die Wände waren in kleine numerierte Nischen aufgeteilt, deren Tiefe schwer abzuschätzen war. Eine davon, auf Augenhöhe, war mit einem silberbefransten schwarzen Vorhängchen verdeckt: sie trug die Nummer 157, man wies mit Blicken und Fingern auf sie. Dann wurde es still, und jeder stand unbeweglich da. Der Vertreter des Bestattungsinstituts und der Verwalter stellten sich an der Wand auf. Im Namen seines Unternehmens wiederholte der Bestattungsmann mit sanfter Stimme seine Kondolenzen. Dann zog er einen Zettel aus der Tasche und las aus dem Gemeindereglement über die Aufbewahrung von Asche im Kolumbarium. Als das Papier wieder zusammengefaltet war, zog sich der Mann mit kummervoller Bescheidenheit zurück.

Nun stellte sich der Vertreter des Bestattungsinstituts unter den schwarzen Vorhang, und langsam, mit steifer Würde, den Kopf erhoben, enthüllte er die Nische des Doktors: die Urne aus Brocatelle kam zum Vorschein, prachtvoll, strahlend auf dem dunklen Grund, und alle konnten die Inschrift aus hellen Bronzelettern lesen:

DOCTEUR PAUL CALMET

1894–1972

Die Buchstaben und Zahlen glänzten am Bauch des Gefäßes. Der Familie zugekehrt, zeigte der Bestattungsmann mit dem Finger auf das Abteil: rund darum herum, darüber, darunter und zu beiden Seiten, traten andere Urnen aus dem Dunkel anderer Nischen, und es war wie eine seltsame Versammlung unbeweglicher runder Gespenster, die in den kalten Mauern auf Schildwacht stand. Jean Calmet fröstelte. Hier war für fünfzehn Jahre der Aufenthaltsort des Vaters. All diese Jahre würde der Doktor unbeweglich unter diesem Gewölbe bleiben. Unbeweglich? Die Urne war gewiß einzementiert worden. Doch der Verwalter kletterte auf eine Bockleiter und faßte das schwere Gefäß mit beiden Händen. Nun trug er es zu Frau Calmet und hob den Deckel:
«Sehen Sie, Madame. Wir haben alles Notwendige gewissenhaft ausgeführt. Die Asche Ihres Gemahls steht zu Ihrer Verfügung, wann immer Sie es wünschen. Mit einem Brief an das Städtische Amt können Sie den Vertrag jederzeit auflösen.»

Dann präsentierte er die Urne einem nach dem andern, manche berührten sie, beugten sich über die gähnende Öffnung und warfen einen Blick ins Innere. Jean Calmet wich erschrocken zurück, als er an der Reihe war, der Verwalter musterte ihn neugierig, dann stellte er die Urne in ihre Nische zurück.
Man ging hinaus. Es war kalt. Die Sonne lag als roter Ball ebenerdig auf den vielen Tausenden von blutigen Gräbern. Man traf sich wieder bei einer Flasche Weißwein, einem Tee, der Verwalter und der Bestattungsmann waren mitgekommen, das Café du Reposoir war voll von Leuten in Trauer, und Jean Calmet besah sich die lärmigen Komödien, mit Leib und Seele dargestellt von den Angehörigen der Elenden, die soeben in eine Grube versenkt oder in einer Maschine aus Gußstahl bei tausend Grad geröstet worden waren. Er begleitete seine Geschwister nicht nach Les Peupliers, wohin die Mutter alle zum Nachtessen eingeladen hatte. Er verließ sie, voll Bedenken, sie in dieser Lage zu früh alleinzulassen, und empfand eine seltsame Freude, als er sich in den Straßen der Stadt wiederfand.

Es war um die Zeit, da Scharen von Burschen und Mädchen auf dem Weg von der Lausanner Oberstadt mit ihren Schulen und Fakultäten zum Bahnhof sind, wo sie die Züge nehmen, die sie in den Kanton zurückbringen. Wie schön sie sind! sagte sich Jean Calmet, der mitten in der Rue de Bourg stehengeblieben war und die Gruppen braungebrannter Jugendlicher durch die Gasse wogen sah. Kraftvoll und geschmeidig, unter lautem Reden eilten sie dem Bahnhofgebäude zu. Es benahm ihm den Atem, doch er war glücklich über diese Bedrängnis: gelöst, blond, gelockt oder bezopft wie Kelten mit quellblauen Augen, so rannten sie vorbei, die Brüste der Mädchen wogten in den Jacken unter den langen Kleidern aus violettem oder orangem Indienne, und obschon erst Frühherbst war, trugen viele von ihnen hohe Stiefel, die ihnen den Gang von unschuldig perversen und grausamen Eroberern gaben. Eine Erregung ergriff Jean Calmet. Er spürte in seinem Fleisch die Kraft der Burschen und die üppige Feuchte der Mädchen. Diese Jungen, zerlumpt wie Guerilleros, Brüder von Clint Eastwood, diese blühenden Kraftnaturen mit schaukelnden Schultern im Kunstleder und in den Levi's Jeans, Jean Calmet sah sie mit einer zärtlichen Inbrunst, die ihn heilte vom Lebensernst in Lutry, von der Gleißnerei im Krematorium. Weit weg waren sie von der erstickenden Atmosphäre seiner Familie! Ihr Flittergold beleidigte das lüsterne Spießertum des Doktors. Vorwärts, weitermachen, nicht nachgeben, drauf losschlagen, gebt's ihnen, all den Familien, Patriarchen, Tyrannen, den feisten Hohlköpfen, die uns seit Jahrhunderten unterdrücken. Die Wut packte ihn. Dann begann er wieder zu lächeln, denn Hunderte von jungen Leuten kamen in Grüppchen zu

dreien oder vieren, den Mantel geöffnet über langen Beinen, über straffen Schenkeln in abgewetzten Jeans, über schmalen Bäuchen, gegürtet mit Schmuckketten aus Silber und Stahl.
Sie rächten sich, diese heiteren Barbaren! Sie würden gewiß nicht zittern vor Vätern und Meistern. Vor allem ihre strotzende Gesundheit beeindruckte Jean Calmet: sie waren kräftig, schlank und rank, und der Glanz der sonnengebräunten Haut, die Klarheit ihres Blicks bezauberten ihn. Es war dieselbe Faszination, die seine Schüler auf ihn ausübten: ihre Schönheit, ihre unbeschwerte Natürlichkeit zogen ihn in ihren Bann. Sie bewegten sich unaufhörlich. Sie schneuzten in ihre Papiernastücher, die sie dann unter den Tisch fallen ließen. Die Mädchen räusperten und kratzten sich wie Stallburschen. Sie liefen schreiend über den Schulhof. Sie organisierten ständig Kundgebungen, für den Frieden in Vietnam, gegen die israelischen Luftangriffe in Jordanien, für die sexuelle Freiheit, gegen Golda Meïr, gegen Nixon, um den Tod Amilcar Cabrals zu rächen. Im strömenden Regen teilten sie vervielfältigte Handzettel aus, in der eisigen Bise klebten sie Plakate gegen die Atomkriegsgefahr, im Schneefall skandierten sie ökumenische Slogans und kämpften dann in Schneeballschlachten, rieben sich die Gesichter mit Schnee, rannten wie wild und sanken auf ihr Pult wie erschöpfte Welpen.
Jean Calmet wußte nicht, daß er zu lächeln begonnen hatte. Der Strom der Jungen drängte sich immer noch

durch die Gasse, im roten und goldenen Licht der Schaufenster glänzten die Haare, Abzeichen blitzten an den Gürteln, Ohrgehänge widerspiegelten den Glanz der Vitrinen. Jean Calmet spürte in allen Fasern die strahlende Wärme dieser Burschen und Mädchen. Ihr Blut strömte wie Branntwein in sein Blut. Er jauchzte. Er begann zu lachen. Ihre Augen entflammten den eigenen Blick. Ihr Atem belebte den seinen. Saft und Kraft brodelten in den Jungen. Von den Mädchen ging eine Faszination aus. Jean Calmet konnte sich an Jungen wie Mädchen kaum sattsehen, er nährte, mästete, stärkte sich an ihnen. Er sah sie wieder in der Schule, nach der Stunde, wenn sie sich um sein Pult drängten, an ihn hefteten, in seinen Büchern blätterten, ihn ausfragten, während der Pause ins Café de l'Evêché begleiteten, wo sie in hellem Radau Kaffee und Hörnchen verschlangen; dann kehrten sie mit ihm ins Gymnasium zurück und folgten ihm bis zur Tür des Lehrerzimmers, in dem sich Jean Calmet jeweils nur kurz zeigte, denn seine Kollegen, so sehr er sie schätzte, schienen ihm nichts anderes als Zensoren, ihrerseits unter der väterlichen Autorität des Rektors, des Oberzensors, dem Jean Calmet möglichst aus dem Weg ging. Immer das Gefühl, bei einem Fehler erwischt zu werden und schuldig zu sein... Dann heilten ihn die lebensfrohen Jungen und Mädchen von seinen Ängsten und übertrugen ihre Kraft auf ihn.

Sieben Uhr.

Jean Calmet war lange bewundernd und träumend auf dem Trottoir stehengeblieben. Jetzt lichteten sich die Gruppen, das lebhafte Treiben wurde abgelöst vom diskreten Reichtum einer feinen Geschäftsstraße, in der die Modeboutiquen und die Auslagen der Bijouterien wieder den Ton angaben. Jean Calmet ging ins City und aß eine Pizza, trank Chianti, bestellte noch Käse, las die Zeitungen in aller Ruhe. Einsam? Gar nicht. Er war berückt von den Bataillonen schöner Kinder. Die Urne war offiziell und amtlich eingesperrt hinter dem hohen Gitter des Kolumbariums. Eigentlich herrschte nun Ordnung. Man mußte sich an dieses ruhige Glück gewöhnen. Der Winter würde mild und lang sein. Jean Calmet stellte sich als Fuchs vor, als Marder, unbezähmbar, in der Wärme des Baus, während draußen der Schnee fällt und fällt, auf das Land und die Wälder. Kamine begannen in den Tälern zu rauchen. Der Himmel lag schwarz auf den Hügeln, ein Auto fuhr auf der vereisten Straße... Schon Winter? Welcher Winter? Man war erst im Oktober, und dieser Tag hatte Jean Calmet aus seinem Gefängnis erlöst. Er lauschte dem kupfernen Herbst, dem zernagten, vermodernden, wie er dem großen weißen Frieden Platz machte. Verlassene Tiefen öffneten sich im Land, in dem rastende Vogelschwärme, Käuzchen, Uhus, Hirsche, Wildschweine, Dachse, alle Tiere von früher, die die Zeiten überdauert und sich in den dunklen Wäldern versteckt hatten, ihre listenreiche Sprache ertönen ließen. Ihre

Ursprache! Jean Calmet hörte sie mit dem Rüssel wühlen, mit den Hufen scharren, mit den Hauern den Boden aufreißen. Krallen packten zu, Schnäbel schlugen ins Fleisch erschrockener Feldmäuse, Rauchschwaden spannten ihre Netze zwischen schützende Bäume.

Jeden Morgen hatte Jean Calmet die Qual der Wahl zwischen zwei Rasierapparaten: dem Gillette und dem Trockenrasierer. Fühlte er sich nicht gut, nicht sicher, dann nahm er den elektrischen Rasierer, der ihm zudem das Wasser ersparte. Fühlte er sich stark, so nahm er den Gillette. Seit der Beisetzung der Urne im Kolumbarium hatte er sich ein für allemal entschieden, daß er künftig jeden Morgen die Klinge ansetzen wollte, ganz selbstverständlich. Seit allzu langer Zeit war der Gillette eine Herausforderung für ihn. Ängstigte ihn. Bot ihm Trotz aus der Tiefe der blauen Schachtel. Doch der einmal gefaßte Entschluß mußte mit aller Vorsicht in die Tat umgesetzt werden: das Ding verfügte ganz offenbar über besondere Kräfte, und seine Macht zur Wiederbelebung von Erinnerungen war schlechterdings unerschöpflich. Wenn man es sah, es anfaßte, dann tauchten Gespenster auf, und eines davon heulte durch das Badezimmer, die Wohnung und durch Jean Calmets Gemüt mit fürchterlichem Zorn. Als Kind hatte er Hunderte von Malen dem Vater beim Rasieren zugesehen. Er setzte sich auf einen Schemel, zwei, drei Schritte vom

Doktor, und nie wurde er müde zuzusehen, wie sich der Pinsel beim Einseifen mit raschen Schlägen in den weißen Schaum hineinschwang. Oft kehrte sich der Doktor um und streckte scherzend den Arm aus: mit flinkem Stüber bestrich er Jean Calmets Nase, der den duftenden Brei möglichst lange auf der Haut behalten wollte. Dann folgte das Schleifen der Klinge, und wenn der Rasierapparat endlich gebrauchsfertig war, konnte die Operation anfangen. Der Doktor begann sofort ein Drama vorzugaukeln. Er mimte Schmerzen, verzog sich den Mund mit zwei Fingern der linken Hand und wimmerte, wenn er das Kinn in Angriff nahm; und schnitt er sich, was in der Aufregung und Eile oft geschah, dann reichte er Jean Calmet den Wattebausch, beugte sich über ihn, zeigte die Kehle, ließ ihn die Wunde befühlen, aus der ein dünner roter Blutfaden sickerte, der sich auf der braunen Haut sternförmig in kleine Gerinnsel verzweigte. Dann pflegte der Vater zu flennen, zu schreien, zu stöhnen; und obwohl Jean Calmet wußte, daß es sich um eine Komödie handelte, die der Vater dem Sohn allmorgendlich vorspielte, mußte der Junge mitleiden und sich ängstigen, und er blieb den ganzen Tag beeindruckt vom tragikomischen Gebärdenspiel des Doktors. Als er selbst das Rasieralter erreicht hatte, wollte er einen Gillette genau wie sein Vater. Aus Silber! In derselben blauen Schachtel! Und heute morgen betrachtete er sie trüben Blicks, jene Schachtel, in der das geheiligte Objekt lag. Er streckte die Hand zur

Glasplatte unter dem Spiegel, der ihm sein allzuklares Bild zurückwarf. Er öffnete die Schachtel: der Rasierapparat glänzte auf der Seide. Schwärzliches Silber. Er nahm ihn in die linke Hand, mit der rechten drehte er die Schraube hinten am Stiel, mit der die Klinge befestigt wurde: sie kam zum Vorschein, dunkelblau mit zwei glänzendweißen Schneiden, die in zwei Minuten noch heller glänzen würden, wenn er sie auf der Lederplatte des Wagens geschärft hätte. Jean Calmet entfernte die Klinge und hielt sie zwischen zwei Fingern, kalt und blau wie eine nächtliche Vorahnung. Er hatte den Rasierer abgelegt und streckte die dünne Klinge gegen das Fenster: sie hatte ein erfülltes und unabhängiges Leben voll Ungestüm. Jean Calmet schaute sie noch einige Augenblicke an, dann befestigte er sie auf dem Wagen, schärfte sie ausgiebig auf beiden Seiten und legte sie ehrfürchtig in den Rasierapparat zurück.

Samstag, 21. Oktober: der letzte Schulhalbtag vor den Herbstferien. Das Monatsende versprach schön zu werden. Spaziergänge standen bevor, Träumereien auf dem Weg über Land. Jean Calmet versprach sich, mehrmals in die Wälder und Weiden des Jorat hinaufzugehen. Er würde lesen. Notizen machen für die Vorbereitung des Schulprogramms nach den Ferien. Er rasierte sich ruhig, trocknete die Klinge, legte den Rasierapparat in das Schächtelchen zurück: auf dem Grund seiner Erinnerung sah er ganz klar das Gesicht seines Vaters.

Sonne, frische Luft, im Blau nahmen die Parkbäume eine braune Färbung an. Jean Calmet liebte den Morgen. Die Stadt war gesäubert. Spatzenschwärme stürzten tschilpend auf das Trottoir nieder; bei Rotlicht drang ihr Geschrei übermütig durch das heruntergelassene Wagenfenster. Hinter der Kathedrale sah er die Eichen im Wald von Sauvabelin zartgolden glänzen, und der Rauch der kleinen Fabriken stieg senkrecht in den Seidenhimmel, wie auf den Stadtansichten von Lausanne aus dem letzten Jahrhundert, die in verschnörkelten Rahmen bei den Antiquitätenhändlern der Cité ausgestellt waren. Ein Rudel gutgelaunter Gendarmen kam aus der Hauptwache und drängte sich mit lautem Gelächter in zwei Camions. Eines Morgens hatten die Arbeiter des Archäologischen Dienstes am Fuß der Sandsteintürme Skelette von Burgundermönchen neben offenen Gruben ausgestreckt, unter den neugierigen Blicken der Passanten stellten Photographen mit ernster Miene Stative auf, knipsten und vermaßen. Gestern hatte Jean Calmet lange die grinsenden Schädel betrachtet, die Augenlöcher, die Zähne, die eine Studentin mit feinen Pinselstrichen vom Sand der Grube reinigte. Man hatte ihm erklärt, es seien Gebeine aus dem Hochmittelalter: ein Friedhof auf dem Hügel, die Kirche auf Gräbern gebaut; auf der Nordost-Flanke näherte sich der Friedhof dem Kreuzgang, der nun ausgegraben und photographiert wurde. Jean Calmet hatte sich ängstlich über die Gerippe gebeugt: unversehrt, und dieses schweigende Lächeln der Kiefer… Eine seiner Schülerinnen hatte ein Geranienzweiglein in den weitgeöffneten Schlund des Toten gesteckt: Einen Moment streiften die blonden Zöpfe der kleinen Burgunderin die Knochen des aus der Ewigkeit aufgetauchten Heiligen.

Jean Calmet parkte seinen Wagen im Hof des Gymnasiums. Gruppen von Mädchen und Jungen saßen auf den Steinbänken. Die Klingel ertönte. Er ging die Treppe hinauf mit François Clerc, einem seiner Kollegen. Er hatte François Clerc gern, ein unabhängiger Typ, der Gedichte veröffentlicht hatte und Französisch unterrichtete. François blieb auf der letzten Treppenstufe stehen:

«Treffen wir uns einmal nächste Woche? Vielleicht zu einem Ausflug? Du könntest mich im Auto mitnehmen, wir gehen auf ein Gläschen ins Broyetal, was meinst du?»

Ein ruhiges Lächeln, und François Clercs graue Augen sagten: «Nimm an, du bist seit einiger Zeit nicht mehr wohl in deiner Haut, der Ausflug tut dir gut, und mir würde er auch gefallen.» Sie versprachen sich, zu Beginn der Woche miteinander zu telephonieren, gingen noch ein Stück gemeinsam durch den Korridor, durch den verspätete Schüler eilten, dann drückten sie sich die Hand. Jean Calmet ging in sein Klassenzimmer.

Auf Nebenstraßen waren sie ins Broyetal gefahren, und einmal mehr war Jean Calmet ergriffen von der Schönheit der Landschaft. Die Fichten, die sich unter Eichen und Espen mischten, ragten wie dunkle Kerzen aus dem Kupferrot der Laubbäume. Die Wiesen leuchteten rotbraun unter der grauen Sonne. Viehherden bewegten sich gemächlich über die Weiden, und ihre Glocken bimmelten wie in den Kindergedichten. Dörfer mit spitzen Kirchtürmen tauchten zwischen den Hügeln auf, rote Ziegeldächer, niedrige Häuser, Bauernhöfe wie feste Burgen, das Auto begegnete Traktoren, die Tonnen von Runkelrüben zogen und Kartoffelsäcke, die wie Mönche auf der Wagenbrücke aufgereiht waren. Der Traktorfahrer hob die Hand zum Gruß, Kinder in Trägerhosen winkten mit einem Halstuch oder einer Mütze. Thierrens, Molondin, Combremont, das Land wurde tiefer durchtalt, geheimnisvoller: die Straße drang in weltverlassene grüne Gegenden ein, die Wälder auf den Hügelkuppen waren dicht und dunkel, Krähenschwärme ließen sich auf den Hängen nieder. Jean Calmet liebte die sagenumwobene Einsamkeit der Füchse, die im gelbroten Mondlicht schnürten. Er steuerte ohne Hast, und im gemeinsamen Einverständnis schwiegen die beiden Freunde. Der Herbsttag ergriff sie: die Wiesen von Herbstzeitlosen übersät, Nebelschwaden, die Vögel, die bronzenen Hekken, die im rauhen Gehölz verschwindenden Wege, der Rauch der Herbstfeuer an den Böschungen, wo die Wegmacher im Stehen Bier trinken und sich lachend Zigaretten reichen. Es ging gegen die Broye hinunter: sie glänzte hinter Weidenbäumen inmitten einer prächtiggrünen Ebene. Etwas weiter weg schillerte der Nebel. Man sah das Flüßchen zwischen Schilf und Zweigen hüpfen, die Strömung flüchtete glitzernd, das ganze Land erfrischte sich an seiner luftigen Zartheit. Ein Rausch erfaßte Jean Calmet, er betrachtete die Straße, den Fluß, die Wälder, die Landschaft im Gazeschleier. Das Auto wurde unter einer Pappel geparkt, die beiden Freunde setzten sich ans Ufer. Mittag. Die Dorfglocken läuteten. Jean Calmet stellte sich den ehernen Tanz in den Türmen vor, die gepflasterten Plätzchen vor jeder Kirche; die Türen öffneten ihre Spitzbogen dem zarten Licht von draußen, und auf der Schwelle wäscht sich eine getigerte Katze und schlummert ein…

François Clerc hatte sich auf der gemähten Wiese ausgestreckt und hielt die Augen geschlossen. Jean Calmet sah, wie sich sein Gesicht mehr und mehr entspannte. Der dunkle Bart umschloß den Mund. Auch Jean Calmet legte sich an den Bachrand, er fühlte den kühlen Boden an seinen Schultern, und die dürren Stoppeln stachen ihm in den Hals. François rauchte. Er summte ein Lied. Jean Calmet pfiff leise dazu, die Sonne vertrieb den Nebel, die Freiburger Alpen erschienen blendendweiß im blauen Himmel. Jean Calmet schloß für eine Weile die Augen und lauschte dem Fließen der Broye. Es war ein Geräusch wie Seidengeknitter: ein ständiges Reißen, wie wenn das Wasser zerschnitten und zerschlagen würde, ohne Ende, und gleichzeitig umstreichelte die Strömung das grasbewachsene Ufer, und das sanfte Brodeln löste sich mit leiser Wehmut von den Schlünden, Gräben und Wunden der Böschung. Jean Calmet wußte: er war Bruder dieses Wassers, es strömte in ihn, es durchfloß ihn, es trug ihn durch das Land, den waldigen Hügeln entgegen, den Ebenen, den deutschen Städten, dem Rhein... François Clerc nieste, setzte sich auf, die beiden Freunde sprachen eine Viertelstunde in der Sonne. Dann fuhren sie der Broye entlang nach Lucens, wo sie zum Imbiß in eine Wirtschaft einkehrten. Es war das Café du Chemin de Fer: ein langer Saal, durch einen merkwürdigen Knick in zwei Teile geteilt, die Wirtin jung und verlockend, die Serviertochter Französin mit lauter Stimme; einsame Gäste aßen an kleinen Tischen, Geschäftsreisende, Bahnangestellte in blauer Bluse, und ganz in der Nähe der Theke der lärmige Tisch mit übermütigen Kartenspielern. Die Französin kreuzte zwischen den Tischen auf, rempelte ihre Leute an, lachte schallend heraus. Jean Calmet aß in aller Ruhe: der Wein war gut, der Braten duftete nach Thymian und Lorbeer, das Gespräch floß munter dahin. François erzählte die ärgerliche Geschichte, die kürzlich einem ihrer Kollegen vom Gymnasium passiert war: er hatte zwei Schülerinnen geschrieben, zwei unzertrennlichen Freundinnen, zwei verspielten Kätzchen – zuerst unschuldige

Brieflein, dann Spitzbübereien und immer deutlichere Sprüche. Es folgten einige kleine Soupers: die beiden Herzchen waren dabei spärlich bekleidet, und sie rühmten sich ihrer Abenteuer. Die Klasse, die den Lehrer nicht mochte, begann unruhig zu werden. François berichtete über die Untersuchung des Rektors und die eher verdutzte Reaktion des Kollegen. Eines der Gedichte machte in der Schule die Runde, und François rezitierte es mit schallendem Gelächter:

Wie grausam bist du, Blondchen,
Wie schlimm, mein braunes Liebchen…

Die Schüler hatten auch gelacht. Der Rektor hatte es weniger lustig gefunden. Er hatte eine Untersuchung eingeleitet und mit Sanktionen gedroht.

«Der arme Kerl hat den Kopf verloren», meinte François Clerc. «Er ist völlig durchgedreht und halb verrückt geworden. Er weiß nicht mehr, was er jetzt für ein Gesicht machen soll. Letzte Woche ist es herausgekommen. Du wirst sehen, nach den Ferien weiß es die ganze Schule. Er dauert mich, der arme Verret. Der armselige Faschist. Mit der Schnauze, die er hat…»

Tatsächlich hatte Verret einen seltsamen Kopf. Schädel und Rumpf wie zusammengeschweißt, alles aus einem Stück, er glich einem dicken Frosch, in graugrüne Polizistenhemden eingezwängt. Doch er rollte gutmütige runde Augen, die Jean Calmet ergriffen.

Stimmte es, daß er wegen Päderastie aus einem Internat verwiesen worden war? Man wußte nicht viel über sein Privatleben: er mußte eine Österreicherin oder eine Deutsche geheiratet haben, doch sie war viel jünger als er. In seinem Schrank im Lehrerzimmer hatte er das Photo von Gudrun Enßlin, der schrecklichen Baader-Freundin, befestigt, das er aus dem *Stern* ausgeschnitten hatte. Ein hartes, sinnliches Gesicht unter einem blonden Schopf. Sie hatte an Schießereien teilgenommen, Leute abgeknallt, bei Banküberfällen mitgemacht. Natürlich eine Pfarrerstochter. Verret hatte sie als Schülerin gehabt, einen Winter lang, an einer Stuttgarter Oberschule. Sie war siebzehn gewesen. Dann die Ausschweifungen, das Verbrechen, die Baader-Bande, die Bombenattentate, die Zeitungen...

Verret blieb diese seltsame Mischung aus Hochmut und Erniedrigung, er trug seinen Froschkopf und die zu kurzen Hosen mit Verzweiflungsseufzern herum, stierte alle Leute mit seinen rührenden runden Augen an; er flüchtete zu einem Kirsch in das Evêché, um sich Mut anzutrinken. Wovon träumte Verret vor seinem Schnaps? Von dem Baader-Flittchen? Von der Pfarrerstochter aus Stuttgart, die bei ihm Lamartine rezitiert hatte? Dachte an die kurzen Hosen, die Pyjamas im Internat? An die beiden Schmeichelkätzchen, die ihn scharf gemacht und dann fallengelassen hatten, nach der Geschichte mit den Soupers? Zweifellos an all das zu gleicher Zeit, langsam, wie man das Heimweh wiederkäut, und der bittere Brei ließ seine breite Stirn auf das rote Tischtuch sinken. Er vergötterte das Deutsche. Oft hatte Jean Calmet mit ihm über Dichter gesprochen, und Verret, von seltsamer Zärtlichkeit entflammt, hatte ihm einige Brocken Schiller, Heine, Kleist und Jünger zitiert. Eines Abends waren sie sich noch ziemlich spät begegnet, sie waren auf ein Bier in eine rauchige Wirtschaft gegangen. Verret, mit leuchtenden Augen, hatte einem blutjungen Mädchen Goethe zugeflüstert, erstaunt war es am Arm seines Freundes in der Menge verschwunden:

Du liebes Kind, komm', geh mit mir
Gar schöne Spiele spiel' ich mit dir...

und dann war das Leuchten verloschen, eine schwere Traurigkeit hatte sich über sein Gesicht gelegt, und Jean Calmet hatte ohne Zögern die Hand gedrückt. «Glaubst du, er steht es durch?» fragte plötzlich François Clerc und weckte Jean Calmet aus den Träumereien. «Er ist völlig durchgedreht.»
«Ich glaube vor allem, daß er leidet», meinte Jean Calmet, der wieder Verrets Blick sah. «Er ist empfindsam und sehr einsam. Er hatte bisher kein Glück. Niemand gibt ihm eine Chance. Wir alle sind gemein zu ihm. Du und ich, wir sollten ihn nach den Ferien aufmuntern. Ihn von Zeit zu Zeit treffen. Ihn verteidigen.»

Und er versprach sich, unabhängig von François Clercs Haltung, Verret schon von der nächsten Woche an regelmäßig zu treffen. Die Gedanken an seinen Kollegen kreisten in ihm wie Gewissensbisse. Der Wein berauschte ihn leicht. Er stand auf, entschuldigte sich und ging in die Toilette.

Der Korridor war feucht, Jean Calmet durchschritt ihn ohne Eile, glücklich, einen Moment allein zu sein. Unter abgebröckelten Wandkacheln zeigten sich moderige Flecken. Gleich neben der Abtrittür blieb er stehen, gehemmt durch einen Anblick, den er mit weitaufgerissenen Augen in sich aufnahm: Dicht neben der Tür, am Ende des Korridors ihm gegenüber, erwartete ihn im fahlen Licht, wie um ihn zu ertappen und zu verspotten, ein rostiger Schirmständer, und darin streckte ein Spazierstock, ein lächerliches, nutzloses Ding, seinen gebogenen Griff Jean Calmet entgegen. Gewiß lächerlich für alle Betrachter, das altertümliche Objekt. Ein Holzstück, reif für den Abfall, wegzuräumen mit dem rostigen Alteisen des Schirmgestells, an dem man sich die Beine stoßen und sich verletzen konnte. Vorläufig war das schmutzige Ding jedoch da, vielleicht seit Jahren, und Jean Calmet konnte seinen Blick nicht mehr davon lösen. Es war ein Haselnußstock, knotig und fast wie ein Zopf, ungefähr einen Meter zwanzig lang, und der dicke Griff endete in einem Knollen: eine hervorspringende Knospe, eine auffällige Eichel, von der Jean Calmet die Augen nicht lösen konnte. Warum dachte er an das Glied seines Vaters? Welcher Dämon behexte diesen Korridor, oder den Schirmständer, oder den Abtritt, dessen Geriesel ihn frösteln ließ, welchen bösen Geist hatte er hinter den schimmeligen Kacheln aufgescheucht, daß er im bleichen Licht vor Angst und Ekel erstarrte wie ein Sünder? Der Phallus seines Vaters streckte sich ihm über das Rund des Schirmständers entgegen, zuvorderst die schwellende graubraune Eichel, dann das aufgequollene, knotige, krumme Glied, gefestigt und glattgeschliffen vom Gebrauch, der ihm nichts von der plumpen Aggressivität genommen hatte. Jean Calmet versuchte sich zu beruhigen, indem er den Stockschaft betrachtete, ihm bis zum Ende folgte, zu einem schwärzlichen Gummiknauf im Dunkel des Schirmständers. Vergebliche Mühe, schnell ging es den Stecken aufwärts bis zur Schwellung, bis zu dem glänzenden, hervorquellenden Knollen, der sich ihm entgegenstreckte. Des Vaters Phallus, vergessen in einem Korridor im Broyetal: es hatte so sein müssen, daß er ausgerechnet hierherkam, zerstreut und zufrieden; daß er in das abgelegene Wirtshaus trat und sich wohlfühlte; daß er den Korridor durchschritt ohne seinen Blick von den beleidigenden Einzelheiten der Einrichtung abzuwenden; daß er endlich an diesen Schirmständer geriet, wo ihn der Doktor erwartete, hohnlachend, verletzend. Jean Calmet war wie gelähmt, wie angeleimt, er rang nach Luft vor der geschwellten Eichel des Vaters! Er streckte die zitternde Hand vor, zwang sich dazu, und dann berührte er mit Zeigefinger und Daumen den harten Phallus, ließ seine Finger über die Knoten gleiten und kehrte zum hervorquellenden Knollen zurück. Teufelsbeschwörung? dachte er. Er schämte sich, war über sein Tun erschreckt, doch er griff und tastete weiter. Plötzlich, wie wenn er einen Stromstoß erhalten hätte, ließ er den Stock los und schloß sich in die Toilette ein. Dann ging er zu François Clerc zurück, der friedlich im Lokalblatt las.

Einige Stunden darnach, auf der Bettdecke, Achsel und Stirn trieften vor Schweiß, hatte Jean Calmet schwere Träume von einem Grashang, auf dem eine Art Büffel mit weitgeschwungenen Hörnern auf alles losstürzte, was sich bewegte. Etwas wie ein afrikanischer Stier, das Auge war blutunterlaufen, die Hörner bildeten eine schneidende Leier, der Leib schwoll an zu einem gelben Ballon, der mit jedem Sprung härter und größer wurde und auf alle Leute bösartig losschlug. Jean Calmet wagte sich in ein dämmriges Gebiet am Fuß eines Felsens. Der gehörnte Ballon peilte ihn an, bäumte sich, stürzte los und zerfleischte ihn. Jean schrie nicht. Ein Schirmgestell nahm ihn rettend auf, schloß ihn in seinen rostigen Kreis... Er wachte auf, wie man durch eine Türe geht: sein Vater saß in einem Fauteuil vor dem Bett. Nein. Es war ein Stoß von Büchern und Papieren mit einem alten Ferienphoto zuoberst. Er war wie eine Feder aufgeschnellt:

er legte sich wieder und streckte sich lustlos aus. Dabei stellte er sich die Urnen in der wohligen Kühle des Kolumbariums Montoie vor, und plötzlich bezauberte ihn ein Girren und Gurren. Rauschendes Gefieder. Warmes, goldenes Tändeln. Flaumige Umarmungen, daunenweiche Schattenbilder, Liebkosungen, Kniffe und Finten, Schwünge, Sprünge, Flucht und Geplänkel, drolliges Hüpfen, Griffe mit rosigbeperlten Füßen, flinke Hiebe mit scharfgewetzten Zinken aus goldenem Grau, Kopf-an-Kopf-Schmiegen und Schnäbeln, Wollust der Zungen, Kurtisanenküsse und neues Gezänk.
Die ganze Krypta erwachte. Die Toten erstanden aus ihrer Asche. Sie waren moderig, weich wie die Schattenbilder der sinnlichen Vögel. Manche waren hart. Zensoren. Rechnungsprüfer. Manche Gestalten quollen über die Gefäße wie einsame Würmer, und Jean Calmet hätte vor Mitleid heulen mögen, als er die schillernden Formen sah, aus denen ein klar erkennbarer Kopf ragte.
Dann überkam ihn der Schlaf. Er sah einen Kamin rauchen mitten im sonnigen Mausoleum unter dem Himmelsblau. Er lief durch eine Flußlandschaft mit weiten Auen, auf denen sich Jünglinge tummelten. Ein zorniger Stier kam auf ihn zu. Und wie immer in den Träumen starrte das Untier von einem Hügel auf ihn herab, oder von einem Abhang, und plötzlich lag die ganze Masse erdrückend auf Jean Calmet, der das Abenteuer weitererlebte, fast mit einem Schuß Hu-

mor und mit einer Beharrlichkeit, die, wie man glauben darf, von den Göttern gesandt war. Von jenen Göttern, die über dem Wohlsein der kleinen Leute wachen vom dunklen Ufer ihres Unglücks bis zum hellen Ufer, an dem die glänzende Klinge blitzt.

II.
DER GEIST DES DIONYSOS

Warum hat man mich auf den Schoß gesetzt? Warum bin ich mit Brüsten gesäugt?

Hiob 3,12

So kam das Weihnachtsfest.
Er verkroch sich.
Er mummte sich in die Sitten und Gebräuche seiner Familie, in die etwas lüsterne Lauheit von Lutry, die besorgte Zuneigung seiner Mutter, die Musik, die Mahlzeiten, die Glocken. Da war der Weihnachtsbaum wie jedes Jahr. Da waren seine Schwestern, seine Brüder, das Geschrei der streitsüchtigen Neffen, die Geschenke mit all ihrer Wehmut und die tränennassen Augen, die im Kerzenlicht glänzten. Da war der leere Stuhl des Vaters. Da war die große Standuhr in ihrem Sarg, die sich hinter dem Gespenst erhob.
Dann kam der 31. Dezember.
Er legte sich zu Bett.
Am nächsten Morgen spazierte er dem See entlang. Wieder diese leicht anekelnde Sanftheit der Uferlandschaft in der Wintersonne. Mimosen blühten in den Gärten. In den dämmrigen Treppenhäusern leuchteten Nelken, Begonien, Zyklamen, rötliche Flecken, leicht erschreckend wie blutige Bäusche unter dem heißen Glas. Palmen ragten zwischen Tannen und nackten Platanen in den blauen Himmel. Leute schlenderten mit kurzen Schrittchen durch die Alleen. Am Quai, in Lutry, nahm man schon den Apéritif im Freien, und die Frauen hielten pralle Lippen leicht

geöffnet wie jeweils im Frühling auf den Terrassen am Seeufer.

Jean Calmet machte einen Besuch in Les Peupliers, bei seiner Mutter, dann ging er zu Fuß nach Lausanne zurück. Er dachte an das alte Haus unter den Bäumen. Wie still es nun war im großen, sonnigen Zimmer, in dem Mutter verweilte zwischen der Standuhr und dem glitzernden See vor Savoyen. Er fühlte zärtliches Mitleid zu dieser kleinen Frau, die völlig beschäftigungslos geworden war, abgestumpft, und die nun von der Küche zu ihrem Sessel trippelte, eine Teekanne in der Hand, sich behutsam Tee einschenkte, Salzstengel knabberte und sich entschuldigte, daß sie zuviel Lärm mache mit ihrem neuen Gebiß.

Er hatte sie nie gekannt, diese Frau. Erbarmen packte ihn. Auch sie, und sie mehr als alle andern, hatte sich dem Tyrannen gebeugt, war zerbrochen und zerschlagen. Sie schwieg. Aber ihr schmerzliches Lächeln sagte alles. Sie hatte sich nicht ein einziges Mal beklagt, und nach dem Weggang des Doktors war sie leer und verwüstet wie eine zerbomte Stadt. Sie hatte alte Photoalben aufgeschlagen. Sie hatte nicht geweint. Aber sie blieb im Sessel, das Album offen auf den Knien, verloren im Licht des Fensters, und starrte auf die geisterhaften Abbilder, die ihre Vergangenheit belebt hatten. Ach, das Schicksal der entlassenen Samariterin. Krankenschwester, vergessen in einem verlassenen Krankenhaus. Zu dieser Zeit senkte sich der Abend über Lutry, sie mußte am gleichen Platz verharrt haben, unter den roten Balken der untergehenden Sonne, den Blick starr auf die kalte Teekanne gerichtet. Madame Jeanne-Aimée Calmet, geborene Rossier. Sie stammte aus einer abgelegenen Gegend am Jurafuß, sie war Dienstmädchen gewesen, sie hatte die Höfe, Weiden und Alphütten verlassen und war das Dienstmädchen des Vaters geworden. Jeanne! Meine Brille! Jeanne! Mein Koffer! Mein Stock! Eine Tasse Kaffee! Und die Schlingel, die du nicht erziehen kannst. Und zum Essen bin ich nicht zurück. Warte also. Du bist da, um auf mich zu warten, Jeanne. Deine Hände haben die Suppe gerührt, das Fleisch gekocht, die Flasche entkorkt. Ich komme nicht. Ich bin Herr und Meister. Ich schlitze Bäuche auf, jawohl. Ich wühle im Fleisch. Ich zerschneide. Niemand kann drohen wie ich, trösten, heilen, Hoffnung geben wie ich, denn ich wache am Tor zum Reich des Todes. Er wagt sich nicht zu zeigen, der Tod, der armselige! Er weicht, wenn ich komme, er flieht, verkriecht sich! Ich schneide, kneife, wühle, ich erquicke, binde, kratze und nähe wieder zu, ein unermüdlicher Krieger, ein Söldner, ein Legionär, he Tod, holla he, du machst nicht angst. Also, habt ihr verstanden, laßt mich in Ruhe mit euren blöden Stundenplänen und den miesen Mienen, ich habe alle Rechte, ich, der Krieger, der Herr des Lebens, ihr habt zu warten und zu ertragen. Jeanne räumt den unberührten Tisch ab und legt sich allein in das große

Bett. Jeanne verbringt den Sommer mit Warten auf den Doktor, der über Berg und Tal seine Fehde führt. Die Kinder kommen nach Hause, gehen, das Ende des Sommers naht, die Zeit geht dem Herbst ins Garn, der See riecht nach faulen Fischen, und zu Beginn des Winters rüstet sich Jeanne für Weihnachten und Silvester, sie betrachtet die alten Photographien. Jeanne Calmet, meine Mutter. Ich war ihr Benjamin, ihr Jüngster, ihr Trost und ihre Freude. Dann bin auch ich ausgeflogen. Ich kehrte kaum mehr nach Les Peupliers zurück. Ich werde sie nun öfters besuchen. Ihr Trost. Ihre Freude. Ich werde sie überleben. Sie wird im Zimmer mit dem großen Bett sterben, winzig, verrunzelt auf ihren Kopfkissen, den weißen Kissen. Adieu, Mutter, zartes Mädchen vom Land des Schnees. Man wird dich verbrennen. Dieselben Blumen und Kränze wie im September. Dieselben Gesichter. Man wird im Reposoir denselben Imbiß nehmen, Weißwein, Tee, Salzstengel, Brezel, und in der Woche darauf werden sich an einem schönen Abend deine Kinder in Les Peupliers an den Tisch setzen, rund um den Katalog des Bestattungsinstituts, und deine Urne auswählen. Adieu, Mutter, sanfte Jurassierin aus dem Land der Strenge, du gingst zitternd zur Kirche, und der Himmel fiel über dich.

Im Januar begann die Schule wieder.
Lehrerkonferenzen, Stöße von Übersetzungen zum Korrigieren. Fadeste Langeweile.

Ein Monat vorbei. Nichts Erwähnenswertes. Dann kam der 21. Februar, und Jean Calmet begegnete dem Katzenmädchen. Damals durfte er glauben, daß der Geist des Dionysos in ihn fahre.
Es war fünf Uhr nachmittags.
Von der Eingangstür des Evêché aus sah Jean Calmet das Katzenmädchen an seinem Lieblingsplatz. Er machte einige Schritte auf sie zu, wie wenn er sich auch beim Fenster setzen würde, im sanften, hellen Licht jener Ecke. Das Katzenmädchen! Sie hatte ihn nicht angeblickt. Aber sofort hatte er ihr diesen Namen gegeben, nach einem magischen Gesetz, ihr Anblick hatte ihn berauscht mit der geheimnisvollen, überbordenden Freude des Dionysos. Sie trug einen Katzenmantel, der sich über einem ganzen Arrangement von Halsketten öffnete. Ihre Haare wallten unter einer gelben und weißen Kappe aus Katzenfell hervor. Goldene, bronzene Haare. Sie strickte weiße Wolle, das Gesicht über ihre Arbeit geneigt, sie hatte einige Ringe abgenommen, um ungestörter arbeiten zu können, die Steine und das dunkle Metall glänzten auf dem roten Tischtuch, wo auch eine halbausgetrunkene Tasse mit Milch stand.
Er hatte sie nie gesehen. Vielleicht würde er sie nie mehr sehen. Er hatte sich an einen Nachbartisch gesetzt, ihr gegenüber. Mit klopfendem Herzen betrachtete er sie, er betrachtete sie eindringlich, er spürte in seinem Innersten Sturzbäche entspringen, Schluchten taten sich auf, urzeitliche Felsblöcke polterten darein.

Der Bergwind pfiff in den Föhren, der Seewind rüttelte an den Feigenbäumen. Er sah sich getragen von diesen Urkräften, gehoben, geworfen, Saft und Kraft jauchzte in seinen Adern, eine neue Lust durchströmte ihn, gestirnte Himmel, flammensprühende Vulkane, Quellen, Gewitter, drängende Herden von Hornvieh, irre Bocksprünge auf blumenduftenden Hängen, all diese Bilder packten ihn, durchfluteten ihn, stürzten sich in ihn und warfen ihn in einen regungslosen und wundersamen Rausch.

Das Katzenmädchen hob die Augen. Lust und Feuer! Sie blickte ihn an: zwei Smaragde in Kupfer gefaßt, die das Licht des Spätnachmittags unergründlich tief aufglänzen ließ.

Sie schaute ihn immer noch an: zu seinem eigenen Erstaunen richtete er als erster das Wort an sie: «Schön, was Sie stricken! Das sieht so weich aus...»

Das Katzenmädchen war nicht erstaunt. Sie lächelte, und ihre Antwort war ebenso einfach wie ihre Erscheinung bezaubernd.

«Das ist eben Gestricktes», sagte sie. Und sie lächelte weiter.

Jean Calmet sah, daß sie beim Lächeln wie eine Katze mit der roten Zungenspitze über die Unterlippe fuhr, die zu glänzen begann.

«Welch ein Licht», sagte er und reckte sich, derweil in seinem Schädel Rasseln, Fanfaren, Feuerwerk und Trommeln ein wirbelndes Fest aufführten.

«Gefällt Ihnen dieser gelbe Himmel auch?» fragte das Katzenmädchen, legte ihr Strickzeug auf den Tisch und streifte sich die Ringe wieder an.
«Dieser gelbe Himmel», sagte Jean Calmet, «dieser gelbe Himmel, dieser rosige Himmel. Wie Achat... Und warm wie im Frühling.»
Und schon sah er die Knospen aufbrechen, der Saft strömte in die von Bienen umschwärmten Bäume, Rehkitze duckten sich ins dichte Gras. Das Wunder dauerte weiter. Das Katzenmädchen schaute ihn ruhig an, als ob sie sich seine Züge einprägen wollte, und ihre Aufmerksamkeit störte Jean Calmet nicht; im Gegenteil, er empfand Vergnügen, als ihn die lichtglimmernden grünen Augen musterten und ihn geruhsam ausforschten. Er jubelte. Die roten Tischtücher warfen einen Glutschein auf die Wände. Die Sonnenstrahlen, vom Zigarettenrauch umtänzelt, zeichneten im Halbdunkel helle Streifen bis zur Theke. Ein hallendes Höhlengebrause voll Zärtlichkeit und Zorn wiegte die Herzen. Welche Kraft ging von diesem Mädchen aus? Welcher Zauber hatte ihr diese Macht verliehen, am Fenster jener Wirtsstube, in der Jean Calmet täglich mehrere Stunden verweilte? Die Sonne legte orange Balken über die Dächer der Mercerie, die Kathedrale flammte wie eine Fackel am Himmel. Das Katzenmädchen trank seine Milch aus, und wieder leckte sie mit der rosaroten Zunge über den geschwellten Mund.
«Sind Sie hier oft zu Gast?» fragte das Katzenmädchen.

Er hatte diese Frage erwartet: wie wenn die Plattheit für das gute Einverständnis zwischen der Erscheinung und ihm bürgen könnte.

«Ich komme jeden Tag», sagte Jean Calmet. «Ich habe Sie nie gesehen...»

«Ich bin aus Montreux. Heute habe ich ganz in der Nähe ein Zimmer gemietet.»

Jean Calmet hätte gerne gefragt, warum sie Montreux verlasse, was sie in Lausanne anfangen wolle. Aber er wußte, daß er diese Dinge noch erfahren würde. Der Zauber löste sich nicht auf: Montreux mit seinen besonnten Hotelpalästen in Gärten mit Feigen- und Orangenbäumen unter den Tannenhügeln, Montreux mit seinen perlenbesäten Turbanen und den Rolls-Royces vor den Sägezähnen der Schneeberge, eine Stadt, durch eine Folge von Wundern verwandelt in einen surrealistischen Friedhof, in eine anglobalkanische Ansichtskarte, in einen barocken Theaterhafen, in einen Faltprospekt des Orient-Expreß, in eine helvetische, mondäne Höhle Ali Babas! Und das Katzenmädchen kam aus dieser Fülle, dank den Berggeistern und den Wassern, die sie anspornten und schützten als ihr geheimnisumwittertes Kind!

Das Katzenmädchen hatte ihre Ringe wieder angezogen. Die Afghanen, die Araber. Sie warf ihr Strickzeug mit den Wollknäueln in ein Körbchen, sie rutschte dem Tisch entlang über die Bank und stand auf.

«Kommen Sie?» fragte sie leichthin.

Jean Calmet legte Kleingeld auf das rote Tuch und folgte ihr. Er öffnete ihr die Tür, und die untergehende Sonne umströmte beide mit ihrem irrlichternden Purpur. Der Pont Bessières, gegen die Stadt hin, brannte. Alle Fenster der Rue de Bourg flammten wie die Spiegel des Archimedes. Auf dem Turm der alten Bischofsburg, der sich als dunkle Masse zackig vom Himmel abhob, züngelten Feuerbrände wie von den Ruinen der Ketzerburgen, und davor schoß die Kathedrale, ein Bündel von Kerzen und rosigen Kanonenrohren, ihre Raketen in den Himmel.

Sie gingen in die Cité. Jean Calmet betrachtete zärtlich das runde Körbchen des Katzenmädchens. Sie schwenkte es, mit gestrecktem Arm, und das Körbchen war die ganze Kinderwelt, Rotkäppchens Schatz im Wald, eine Habe an Träumen, eine Bescherung der Mamas für einsame Großmütter, und in seinen Stiefelchen beginnt das Kind unter den großen Bäumen zu trippeln, der Abend bricht an, der Wald wird dichter, und der Wolf kommt. Sie auch, das Katzenmädchen, sie würde ihren Kuchen und den Buttertopf ins Waldhäuschen bringen. Ihr Geschenk. Oder hatte sie es schon abgegeben?

Vor einer Tür blieb sie stehen.

«Hier ist es», sagte sie, und er folgte ihr in einen schmalen Gang, der nach frischem Zement roch. Der Lichtzähler tickte. Sie blieb im zweiten Stock stehen. «Hier ist es», sagte sie noch einmal, und er betrat hin-

ter ihr ein großes Zimmer, das vom roten Abend überflutet war.
Ein Bett, ein Stuhl. An der Wand stand ein geöffneter Koffer, aus dem Kleider und Papierstöße quollen. Die Glocken der Kathedrale begannen sechs Uhr zu schlagen. Eine Stunde nur kannte er das Katzenmädchen, und schon machte sie sich in der Küche zu schaffen, er hörte sie Tassen hervorholen und einen Topf füllen. «Sie langweilen sich doch nicht», rief sie ihm zu, «schauen Sie durch das Fenster, wie schön das ist!» Schön, das war der Schulhof des Gymnasiums, der mit Ulmen bepflanzte Platz, und dahinter die anmutige Fassade aus bernischer Zeit, unter dem Türmchen und dem behäbigen braunen Ziegeldach. Hinter den Fenstern des Direktors und des Sekretariats brannte noch Licht. Jean Calmet ging ins Zimmer zurück und setzte sich auf den einzigen Stuhl. Dann brachte das Katzenmädchen ein Kaffeekännchen und zwei winzige Tassen. Sie hatte immer noch ihre Angora-Kappe und ihren Mantel aus gelbem und weißem Pelz an. «Fort mit Ihnen», rief sie fröhlich. «Sie sitzen auf dem einzigen Tisch des Hauses!»
Sie stellte die Kaffeekanne und das Tablett auf den Stuhl, und Jean Calmet setzte sich auf das Bett. Es war ein breites Bett mit einem goldfarbenen Überwurf. Voll Behagen ließ er sich einsinken. Das Katzenmädchen zog seinen Mantel aus und hängte ihn ans Fenster. Sie reichte den Kaffee im Puppengeschirr und setzte sich neben Jean Calmet auf das Bett.

«Ich bin froh, daß Sie es sind», sagte sie. «Ich bin am frühen Nachmittag hier eingezogen, und ich brauchte jemand, um Einstand zu feiern. Ich bin froh, daß Sie es sind. Auf Ihr Wohl.»

«Auf Ihr Wohl», sagte Jean Calmet, und er schaute sich in dem von der roten Sonne übergossenen Zimmer um wie ein walisischer Schiffsjunge den Laderaum einer Galeone aus Indien mustert. Das leere Zimmer, von den letzten Strahlen mit Rubin und Kupfer überhäuft. Sie tranken ihren Kaffee. Die Nacht brach an. Jean Calmet fühlte kein Bedürfnis zum Gespräch. Er schwebte in einer sanften Kühle. Das Katzenmädchen ließ die einzige Lampe unangezündet. Als er gewiß war, daß die Spannung von Geheimnis und Zärtlichkeit weiterschwingen würde, nahm er Abschied: auf der Schwelle trat sie nahe zu ihm und blickte ihn fragend an.

«Ja», sagte Jean Calmet. «Ich komme wieder.»

Sie trat noch näher, er atmete einen Duft von Zimt und kühler Nacht, von etwas Schweiß und Blütenstaub, er fühlte die langen Haare an seinem Hals, seiner Wange. Jetzt beugte er sich zu ihr und legte auf ihre Stirn, wie man ein kleines Mädchen bei Einbruch der Dunkelheit beschwichtigt, einen leichten Kuß, der beide erbeben ließ.

In den Tagen danach begann eine Unmenge von Dingen das rote Zimmer und das goldene Bett des

Katzenmädchens zu beleben. Einmal war da ein faustgroßer gelber Stein, den sie auf dem einzigen Stuhl in der Nähe des Bettes haben wollte. Dann kamen Schwanenfedern auf das Kopfkissen, auf die Kommode Eichenblätter, ein Taschenmesser mit fünf Klingen, Ansichtskarten aus der Zeit vor dem ersten Weltkrieg, eine Taschenuhr mit zerborstenem Glas, eine alte Teebüchse, auf der ein Schloß am See unter Heidekrauthügeln glänzte. Nun folgte ein schwarzbemalter Schaukelstuhl, eine kleine Bank, und für die Bank ein rundes Kissen, das das Katzenmädchen mit einer violetten Schnecke bestickt hatte.

«Ich möbliere mich!» rief sie lachend aus. Doch nichts schien weniger gewichtig als die Beute, die sie von ihren Streifzügen heimbrachte. Die Federn und Blätter waren schwerelos. Die Kommode glich einem Puppenmöbel. Die vergilbten Ansichtskarten stammten aus einer Hinterstube der Melusine. Der gelbe Brocken glänzte wie ein Stein der Weisen. Der Schaukelstuhl lud Kinder mit Schnürstiefelchen ein, sich auf der Terrasse vor einem Park mit Narzissen und Katalpabäumen hin und her zu wiegen. Die Bank wartete auf eine Dame mit Sonnenschirm.

«Wo findest du all diese Sachen?» fragte Jean Calmet.

«Ich weiß auch nicht. Auf dem Markt. Bei der Heilsarmee! Du solltest einmal mitkommen. Die haben alles. Eine alte Sergeantin ist dort, sie kennt mich gut, seit einer Woche, sie gibt mir Ermäßigung, nett von ihr, sie hat mir einen Militärmantel auf die Seite gelegt. Einen Korporalskaputt mit Streifen, Winkeln und allem! Und das Schweizerkreuz auf den Messingknöpfen, stell dir vor, wie das schön wird!» Jean Calmet liebte diese Fröhlichkeit. Und daß sie den ganzen Tag durch die Stadt bummelte.

Er fragte: «Was hast du heute nachmittag gemacht?»

«Ich habe in einem Café gestrickt.»

«In welchem Café?»

«Ich weiß nicht. Nicht sehr groß, nicht sehr klein, bei der Place de la Riponne. Es war ganz braun. Ich habe mit einem Typ geplaudert, er war traurig, er hat mir einen Tomatensaft spendiert.»

«Und dann?»

«Dann bin ich durch einen Supermarkt spaziert. Ich habe die Poster betrachtet.»

So war sie. Sie träumte. Blieb stehen. Schlenderte weiter. Als er am Tag nach der ersten Begegnung wieder bei ihr gewesen war, hatte er wissen wollen, was sie machte, wovon sie lebte. Auf solche Fragen gab sie keine Antwort. Sie hatte ein wenig Geld, ihr Zimmer wurde ihr von Verwandten bezahlt. Doch von welchen Verwandten? Sie blieb ausweichend, träumte weiter, erfand spaßige und geheimnisvolle Abstammungen, selbstlose Gönner, Rücksprünge in ein lichtvolles Annodazumal, Übergänge in andere Leben, Inseln außerhalb der Zeit, Reisen nach Utopia. Alles war Dichtung, und alles war Wahrheit in diesen Erzählungen. Sie hob die Schwerkraft auf, sanft, in offensichtlichem Glück, das Jean Calmet bezauberte. Wer ist sie? fragte er sich den Tag über. Er gab seinen Unterricht, wachsende Ungeduld erfaßte ihn, und kam die gelb-rosige Stunde, am Spätnachmittag, so hörte er die Fackeln des Dionysos flackern, das Land begann aufzuflammen, Wildbäche schäumten, Weiber mit offenen Haaren, glänzend von Rebensaft und Sonne, hüpften und sprangen in donnernden Weinbottichen, und Jean Calmet fand die flammende Freude wieder, wie in jenem Augenblick, da er das Katzenmädchen zum erstenmal gesehen hatte.

Sie hieß Thérèse Dubois. Ihr Vater war in den Bergen umgekommen. Sie hatte mit der Kunstgewerbeschule begonnen. Und wieder die Freiheit gewählt. Am Samstag reiste sie jeweils nach Montreux und verbrachte den Sonntag mit ihrer Mutter. Thérèse war das Katzenmädchen. Das Gesetz. Die Magie. Und die Freude überwog die Neugier.

Eines Abends traf sie Jean Calmet, als sie einen großen Poster über ihrem Bett aufheftete. Ein struppiges Wesen – Katze, zottiges Kind, Panther, bereit zum Sprung aus einem Hain, einer Kluft oder einem dunklen Pferch, in dem ihr gespenstischer Widerschein zitterte. Thérèse stand auf dem Bett mit dem goldenen Überwurf, und nachdem es ihr gelungen war, den obern Rand links und rechts zu befestigen, strich sie das Blatt flach, doch das widerspenstige Bild rollte sich wieder auf, die Pantherin schwang ihre Tatzen possierlich über den Kopf, die dunkle Fläche an der Wand schrumpfte, schwand und bog sich, wie von

einem arglistigen Zauberer zu einem schwarzglänzenden Kopfputz zusammengewickelt. Dem Katzenmädchen gelang es, mit der linken Hand die wildgewordene Bildrolle anzuhalten, zwei feste Fingerchen ergriffen einen Reißnagel. Die Knöchel wurden weiß bei der Anstrengung, den kleinen Stachel in die Wand zu drücken. Jetzt trat das Katzenmädchen einen Schritt zurück, zwei Schritte, strich liebkosend über die glatte Fläche, und das Tierweibchen, das Tigermädchen, der kleine Alb, der Vamp, spiegelte sich auf der glatten Fläche des dunklen Papiers.
«Hübsch», sagte das Katzenmädchen.
«Hübsch», sagte Jean Calmet. Und er setzte sich behaglich in den Schaukelstuhl. Freude und Mut! Das kleine Tablett, die Kaffeekanne aus dem Märchen, die winzigen Tassen. Kaffee in unsern Leibern, und jeder von uns trinkt aus der kleinen Schale wie aus einem köstlichen Gefäß, einem geheimnisvollen altgriechischen Kratér.

Eines Abends masturbierte Jean Calmet. Er schämte sich beim Wiedersehen mit Thérèse, die ihn mit ihren klaren Augen ansah. Sie trug ihre komplizierten Halsgehänge, ihre Ringe, und eine Metallkette umschlang eine Haarflechte auf dem Kopf. Jean Calmet erinnerte sich an den gestrengen Blick des Vaters: merkte sie es, die süße Hexe? Die aufgeregte Hand, der klebrige Finger in der nächtlichen Milch? Im Evêché legten sich Lichtkränze geheimnisvoll um die Gesichter der

einsamen Trinker, das Getäfer hinter ihnen spiegelte dunkel. Eine alte Angst erregte Jean Calmet. Welch anderes Drama erwartete ihn im Leben ohne den Vater? Er erinnerte sich an eine seltsame Viertelstunde der vergangenen Nacht: in seiner Vorstellung hatte sich das Katzenmädchen eine Milchflasche in ihren Pyjama geschoben und zwischen den Beinen gewärmt. Er hatte sein Glied mit der rechten Hand erfaßt, und ohne daß er sich beeilt hätte, ergoß sich das süße Vergnügen. Strafender Vater, fort mit dir! An dich hat man überhaupt nicht gedacht. Jetzt betrachtet ihn Thérèse mit den grünblauen Augen, im Grund der Pupille blitzt es kupfern auf, und plötzlich kommt wieder der Geruch des gestärkten Taschentuches unter dem Kissen in Lutry, plötzlich erscheint das rote Gesicht an der Wand, die harten Augen flammen. Doch es ist ein freudiger Geruch, es sind glückselige Qualen, und diese Bosheit, die ihn im Innersten treffen will, macht seine Lust nur noch reiner. Das Katzenmädchen wußte es, Jean Calmet war gewiß – doch er fühlte Siegesfreude. Einer der Ringe von Thérèse glänzte in der Sonne. Ein Metallreif mit einem Stein wie eine blutige Beere.
«Hast du gut geschlafen?» fragte das Katzenmädchen.
Jean Calmet errötete heftig. Kam das Schuldbewußtsein wieder? Nein, er mußte glücklich sein. Felswände zerschmolzen in seinen Adern, und ein fernes Gebirge wurde von Tosen zerrissen.

«Wie schläfst du?» fragte das Katzenmädchen weiter. «Auf welcher Seite? Nimmst du die Arme unter die Bettdecke?»
Mit verträumter Stimme fügte sie bei: «Ich möchte dich gerne schlafen sehen. Vielleicht ist es eine Laune. Allerdings, seit wir uns kennen...»
Jean Calmet dachte an die Zauberin der Geschichte vom *Goldenen Esel*. Sollte er ebenfalls in einen geplagten Vierbeiner verwandelt werden? Er hatte den Text gerade diesen Morgen wieder mit seiner Klasse gelesen. Der Stall, in dem die Schläge auf Lucius hageln. Sollte er von der Hexe mit den Goldzöpfen verzaubert werden? Und wenn schon? Wohlgemut malte er sich aus, wie die Fee ihn behexte. Pamphilia des Märchens. Circe. Morgiane. Kupplerinnen der dunklen Rätselwelt. Und du, weiß und gelb getigerter Mantel, du dämmrig-duftiger Bergblumenblick? Wer ruft aus den Grüften und Klüften? Schreit eine Eule, ein mondmanisches Tier, grollend in die Nacht hinaus? Jean Calmet sieht Kreise und kupferne Riefen in den Augensternen des Katzenmädchens aufleuchten. Ob sie wohl vögelt? fragt er sich. Wer zerwühlt ihr das Körbchen? Er, der nur Huren gehabt hat, armselige Nutten, er stellt sich die umschattete Feigenfuge des Katzenmädchens vor, die mürbe Honigfurche, die er nie betastete außer bei Abgelebten, Ausrangierten, und jetzt, zum erstenmal schiebt er Thérèse die Hand in das Höschen, er befühlt den weichen warmen Flaum, gleitet hinunter zum seimigen

Schlund, beugt sich über den blanken Schoß, legt seinen Mund auf das lockige Vlies...

Die Gaststube war voll von jungen Leuten, die Karten und Schach spielten. Es war genau zehn nach fünf Uhr. Einige Arbeiter im Überkleid aßen Sandwiches und tranken Bier im Hinterzimmer jenseits des Engpasses von Theke und Toiletten. Unter den Burschen und Mädchen, die fast alle Tische der großen Schankstube besetzten, waren auch Jean Calmets Schüler, mit denen er gerade heute den *Goldenen Esel* gelesen hatte. Da kam es zu dem Zwischenfall, der in die Annalen des Gymnasiums einging und schließlich von der Polizei zu den Akten gelegt wurde, da die Geschichte erledigt ist und niemand auf dieser Welt etwas für die unstet umherirrende Seele Jean Calmets tun kann. Es war also zehn nach fünf. Junge Leute drängten in das Evêché, gesellten sich zu den Spielern, rutschten auf die Bänke an der Wand.

Plötzlich brüllte Jean Calmet auf. Wutschreie, zähnefletschendes Kreischen, ein endloses Kläffen, das die Leute erstarren ließ. Er hatte sich am Tisch aufgerichtet, hielt die Arme ausgestreckt und grölte unartikulierte Laute. Dann kam ein Schwall von Worten über seine Lippen:

«Ich bin kein Sauhund. Ich bin anständig, ich bin kein Sauhund, ich... zum Teufel mit euch allen, ich habe nichts getan, ich bin sauber, sauber bin ich, sauber...» und er sackte der Länge nach über den Tisch, zerschlug Biergläser und Tassen, schnitt sich an Kinn und Wange und blieb betäubt liegen.

Bei den ersten Schreien war es im Evêché totenstill geworden, alle kehrten Jean Calmet ihre erschrockenen Gesichter zu, von Entsetzen gepackt, voll Mitleid und Traurigkeit. Als er sich fauchend erhob, fielen ihnen Karten und Würfel aus den Händen, Serviermädchen und Buffetburschen standen fassungslos da; ein altes Männchen, das die Türe aufstieß und arglos eintrat, blieb jählings stehen, den Fuß in der Luft, den Hut vorgestreckt, zu Stein erstarrt, eine groteske Figur inmitten der schrecklichen Szene.

Das Katzenmädchen hatte Jean Calmet aufmerksam betrachtet. Sie lächelte. Sie lächelte zärtlich und voll Bewunderung. Sie lächelte inmitten von Schrecken und Skandal. Dann legte sie die Hand auf die Stirn des Mannes, der auf dem Tisch zwischen zerschlagenen Gläsern und umgestürzten Tassen gekreuzigt war. Serviermädchen und Buffetburschen setzten sich wieder in Bewegung. Der Greis funktionierte bis zum nächsten Stuhl. Die Karten glitten in die feuchten Hände von vierzig jungen Leuten zurück. Auf sieben Schachbrettern bewegten sich die Figuren wieder. Hände fuhren an die Kehlen, griffen, tasteten wie nach einem Schiffbruch, wenn man sich vergewissert, ob man nach dem schrecklichen Ansturm der Wasser noch am Leben sei in der frischen Luft mit den Vogelschwärmen. Speichel wurde hinuntergeschluckt, Mägen entkrampften sich. Sehnen entspannten sich. Entfärbte Finger begannen sich wieder zu röten.

So wurde Jean Calmet auf die schrecklichen Waagschalen von Gut und Böse beordert. Als er die Augen über seinen Gesichtskreis aus zertrümmertem Glas und Blut erhob, sah er eine ganze Versammlung junger Zensoren, die ihn anstierten. Brillengläser blitzten über bedrohlichen Prophetenbärten. Pharisäische Haarsträhnen wischten die Schultern. Das Gericht nahm ihn in Augenschein, lotete ihn aus, und bald würden sie das Urteil verkünden, die Richter, sie würden die Worte sprechen, die abscheulichen Worte des Vaters! Denn das war das Ende vom schrecklichen Lied: die jungen Leute verwandelten sich in strafende Väter, und in seinem Innern, in der Tiefe seines Gewissens, war der Vater, der Doktor, der Tyrann, wiederauferstanden, durch den Skandal nach Wochen unbeschwerter Ruhe zu neuem Leben erweckt worden. Wie wenn Jean Calmet gebrüllt hätte, um seinen Vater aus dem Dunkel der fünf Wochen auszutreiben. Wie wenn er plötzlich eine unerträgliche Schuld über diese Verbannung gefühlt hätte, wie wenn er seinen Vater ein zweites Mal getötet hätte, als er ihn aus seinem Wachen und Träumen verdrängte, ihm den Weg zum Gymnasium und zum Katzenmädchen versperrte, ihn auf ewig in die rote Nacht des Krematoriums und den kalten Bauch der Urne verstieß. Aber er hatte sich gerächt, der Doktor, das Vorhängeschloß gesprengt, die Eisengitter zerbrochen, er war aus dem Kolumbarium entwichen, und sein fettes Gespenst, sein schwerer Schritt, seine rotglänzende Haut, und sein Hut, sein dicker Mantel, seine harten Augen, seine Zigarre, sein Weindunst, seine Herrscherstimme, seine Verfolgungsmanien, seine Schreie, seine Verachtung, sein Zorn hagelten auf den Sohn wie ein Unwetter! Zerschmettert blickte Jean Calmet auf seinen Richter, dessen Masse sich wie ein Berg über das Gericht der Schüler erhob. Das Blutgerinnsel, das über sein Kinn floß, kitzelte ihn wie ein schmieriger Kuß, aber er wagte nicht, mit der Hand nach dem Schnitt zu fühlen oder aufzustehen oder wegzugehen.

Das Ganze hatte fünfundvierzig Sekunden gedauert. Schon trug die Kellnerin die Glasscherben auf einem Tablett weg, der Buffetbursche wechselte das Tischtuch, die Gespräche gingen weiter, das Katzenmädchen zog ein Papiernastuch aus ihrem Körbchen und reinigte Jean Calmets Wange und Kinn vom Blut; schon nahmen die Gesichter der bärtigen Kinder, die Augen der Mädchen ihre freundliche Klarheit wieder an; schon wechselte die Abendsonne zum rosigen Rot, die Dächer, die Brücke, die Kathedrale und alles auf dem Hügel begann aufzuflammen. Das Katzenmädchen öffnete seinen Geldbeutel und legte ruhig ihre Münzen auf den Tisch. Sie stand auf, Jean Calmet stand auch auf, sie gingen durch die Schankstube, öffneten die Tür und waren in der Rue de l'Université. Wie gestern. Wie früher. Sie gingen hinauf in das

Zimmer. Sie setzten sich auf das goldene Bett und tranken Kaffee aus den Puppentassen. Und jetzt, zum erstenmal, legten sie sich Seite an Seite unter dem Poster hin, schweigend, leise atmend, die Zeit mummt sie ein wie ein Pelz, das Licht ist orangefarbig, durch die geschlossene Fensterscheibe hört man die Glokken der Kathedrale sechs Uhr läuten, und lange nach ihrem Verstummen scheint das Echo weiterzuschwingen in den dicken Steinmauern, den Hausgängen, den Höfen, Gärten und Grüften der Altstadt. Im Zimmer steht ein Bett, auf dem Bett liegen zwei, ein junger Mann mit einem langen Schmiß am Kinn und ein Mädchen mit leuchtendem Haar. Sie bewegen sich nicht. Sie lauschen auf ihre Atemzüge. Eine Viertelstunde, dann schwindet das Licht im Zimmer: rosa, dann rötlichgrau, dann grau, wie das Feuer, das in der Glut verblaßt und auslöscht, das schmilzt wie die Strahlen in der stillen Luft.
«Ich friere», sagt Jean Calmet, und er hebt den Bettüberwurf, schlüpft unter das Leintuch und zieht die Wolldecke bis zu den Schultern. Das Katzenmädchen schmiegt sich an ihn. Wohlige Wärme verbreitet sich. Jean Calmet liegt regungslos, Thérèse liegt regungslos; die Decke umhüllt die beiden, umfängt sie mütterlich, versteckt sie vor der Welt, vereint sie. Sie wissen es und bewegen sich nicht. Sie halten die Augen geschlossen. Jean Calmet wehrt sich nicht gegen die Ermattung. Müdigkeit überfällt ihn. Vielleicht schläft er einige Minuten. Oder stellt er sich schla-

fend? Fast schlummert das Bewußtsein, da legt sich eine kühle Hand auf seinen Hals, und zwei Finger folgen dem brennenden Schnitt, ein dritter streift die Wange und streichelt sie, Jean Calmet wendet den Kopf, sein Gesicht nahe ihrem Gesicht, Thérèse hat sich auf einen Ellbogen gestützt, neigt sich und legt auf seinen Mund ihren feuchten Mund mit rastlosen Lippen, und Jean Calmet wird in die süße Huld gesogen, er trinkt vom unergründlichen Born! Er atmet einen Duft von Zimmet, Blütenstaub und warmen Kieseln... Ein Augenblick ist es, als ob er endlich seine wahre Kinderzeit erlebte, Tage und Tage im grünen Strom der Träume schwebend. Eine neue Kraft drang in ihn, und auf seinen Lippen, im Mund rührte sich das Zünglein des Katzenmädchens auf mannigfache Art. Er gab ihr die Küsse nicht zurück, geführt von ihr gab er sich hin, ließ sich treiben in einer kindlichen Wollust, in der jede Furcht verschwunden war. Und immerzu dieser Duft von Blumen, warmen Steinen, erdreichen grünen Gärten, dieser Geruch von Kindheit, Freizeit und Ferien, in denen die Kirchenglocken läuten. Wolken schwebten durch seine Bilder: mit geschlossenen Augen sah er eine grünende Wiese, hinten im Land verzahnte sich ein Wald in den Himmel, und kleine Dampfbäuschchen wogten wie Schäfchen über dem smaragdenen Blau. Die behende Zunge des Katzenmädchens tippte über seine Zähne. Jean Calmet öffnete den Mund, die Zunge schmeichelte sich weit in den Gaumen ein, huschte zurück, folgte dem Rand der Lippen, wetzte sich wieder an den Kanten der Zähne. Dann legte sich das Katzenmädchen ganz auf ihn, er atmete ihren heißen Geruch, den säuerlichen beim Ohr, wo sie wohl am Morgen Eau de Cologne aufgetupft hatte, den Duft der Haare, reifer, heimlicher, wie ein Geheimnis, das sie kurz lüftete und wieder in ihre Goldzöpfe barg.

Die Nacht kam.

Die Lichter des Gymnasiums beleuchteten die Wand über den beiden, und Jean Calmet war erstaunt über die Distanz, die ihn nun vom Schulzimmer trennte, in dem er morgen unterrichten würde.

Plötzlich kniete das Katzenmädchen neben ihm, sie knöpfte rasch Jean Calmets Hemd auf, schob den Stoff beiseite, beugte sich zu seiner Brust und drückte einen Kuß darauf. Die Haare streichelten Jean Calmets Hals und Schlüsselbeine. Die Lichtkringel an der Wand verschwanden, es war schwarze Nacht, aber die Gestalt und das Haar des Katzenmädchens belebten das Dunkel mit Funken und Feuerwerk, und Jean Calmet staunte, daß Schatten so glitzernd und weich sein konnte.

Dann leckte ihm das Katzenmädchen sanft die Brustwarzen.

Und während sie nun über die Spitzchen züngelte und eine kühle Hand zum Nabel schob, kannte Jean Calmet die ungestüme Wucht der Gefühle und Traumbilder, die ihn aus sich hinauswarfen wie Taifune, die

die Häuser sich selber entreißen; sie beginnen zu rütteln und zu zerren, sie zerschlagen, zertrümmern die Bauten, saugen sie an, speien sie aus, und alle Fetzen zerflattern mit heftigem Schwung wie berstende Burgen.
Alle seine Burgen barsten.
Er war zerschmettert und flippte durch die Luft.
Eine schreckliche Kühle entsprang seinem Mark, übersäte seine Adern mit weißen Tröpfchen, entdrosselte seine Gurgel, strömte zwischen die Schultern. Die Hand des Katzenmädchens betastete ihm den Nabel. Zwei Finger waren ihm ins Kleid gefahren, sie strichen dem Schambein entlang, hielten still, nahmen ihren sanften Lauf, stiegen zu den Beckenknochen und kamen zurück, um zart die Schenkel zu streicheln.
Jean Calmet war regungslos und wollte es bleiben. Ausgestreckt im Dunkeln, die Arme längs dem Körper, den Bauch nackt, die Beine geöffnet. Eine liegende Grabfigur, ja, ich bin tot, ich bin aus Stein, man hat mich für immer auf mein eigenes Grab gelegt, und ich brauche nur die Hände auf der Brust zu kreuzen, damit ich tatsächlich in kalten Kalkstein oder Marmor verwandelt werde!
Er faltete die Hände, die Finger zum Himmel gerichtet, er schloß im Dunkel die Augen und fand den seltsamen Freiherrn François, der in der nämlichen Haltung in der Gruft des Jacquemart von La Sarraz liegt. Draußen reckt die Burg ihre Türme über ein

Tal der Wölfe und Hexen. Im Dämmer der Kapelle ruht der grausame Schloßherr in Stein unter der verzweifelten Obhut seiner Witfrau, seiner Tochter und seiner beiden Söhne, die alle seit sechshundert Jahren unaufhörlich um die Vergebung der Sünden ihres Herrn beten. Als Jean Calmet zum erstenmal mit seinem Vater den Jacquemart betreten hatte, war ihm aufgefallen, daß der Bildhauer den liegenden Leichnam mit abscheulichen, schleichenden Tieren bedeckt hatte: Schlangen umschlossen ihm Brust und Arme. Kröten krochen ihm in die Augenhöhlen und liefen über seine Wangen. So waren die bösen Geister der Venoge aus dem kalten Fluß und den nächtlichen Tümpeln gestiegen und hatten ihren Herrscher für alle Ewigkeit mit ihren Schuppen und ihrem Speichel bedeckt.
Aber ihn, Jean Calmet, liebkoste ein warmer Mund, zwei glatte Hände glitten warm über Flanken und Hüfte. Weil er nicht schuldig war wie der abscheuliche Herr von La Sarraz! Ich habe niemand getötet. Ich bin gut. Der böse Schloßherr François raubte die Reisenden aus, vergewaltigte, folterte, tötete aus Wollust. Feuer, Blut und schwarze Rache. Ich bin rein und neu. Der Tod hat den Kuß der Vampire. Die Zunge eines lieblichen Kindes fährt mir über die Brust. O tiefe Nacht. Mysterium, die Lust zu teilen und das Teilen zu verweigern. O Nacht der Erwählung. Göttliche Gnade.
Kniend ergriff das Katzenmädchen Jean Calmets Handgelenke und drückte sie auf das flache Bett. Ge-

kreuzigt war er nun. Er fühlte die Spannung seiner Arme mit wundersamem Vergnügen. Er atmete langsam, seine Rippen hoben sich, er sah sich im Dunkeln, die Achselhöhlen Thérèses Küssen dargeboten, mit glattem Bauch, die Weichen bebend unter ihren Liebkosungen. Mit leichter Hand vergewisserte sie sich, daß Jean Calmet immer noch gekreuzigt war. Dann griff sie nach der Schnalle seines Gürtels, öffnete sie flink, zupfte am Reißverschluß der Hosen, die sie ihm auszog, dann den Slip, und wie hurtige Fallschirmchen ließ sie Küsse auf das Haargekräusel regnen. Jean Calmet lag nackt unter ihren beflügelten Fingern. Das Katzenmädchen, über ihn gestützt, Sukkuba, Alb, erlauchter Vampir, neigte sich nun über sein Glied. Ihre Haare fächelten über Jean Calmets Schenkel; ihr unermüdlicher Mund legte auf seine Knie flüchtige Grüße, wie Visitenkärtchen, die man an einer Hochzeit oder einer Beerdigung an den Tisch eines Gastes bringt und sich dann auf den Fußspitzen davonstiehlt, um ihn ohne Zeugen seiner Freude oder seinem Schmerz zu überlassen, und in der Gasse dreht man sich nach den Fenstern der erleuchteten Wohnung wie nach dem einzigen Paradies, in dem man endlich umhegt hätte leben können. Aber die Sukkuba wich nicht, und mit ihrem Muffel, ihrer sanften Schnute, ihrem Maul und ihren Lefzen berührte sie leicht Jean Calmets Rute, die sich ohne Ungeduld dem frohen Hauch des Dämons entgegenreckte.

Er begann leise zu keuchen.

Jetzt befreite sich das Katzenmädchen gewandt von den Kleidern, Jean Calmet erriet jede ihrer Bewegungen im Dunkel. Auf Jean ruhten nun ihre runden Brüste, der Kopf mit den seidigen Haaren legte sich an seinen Hals, ihr Bauch kittete sich an den seinen, ihr Schoß schmiegte sich an, die langen Schenkel des Katzenmädchens stemmten sich gegen die seinen, ihr lockenhaariger Schamhügel quetschte sich auf Jean Calmets Glied, das sich prickelnd erwärmte und unter dem molligen Druck seine Form fand. Das Katzenmädchen lehnte leicht zurück, sie keuchte nun auch, die Kuppe von Jean Calmets Glied schlüpfte unter das Gekräusel der Sukkuba, die ihren Steiß schlingerte, um es noch tiefer im Schlund zu bergen. Alles war gut. Das Gelöbnis des Dionysos erfüllte sich. Jean Calmet fühlte sich auf milchigem Weg in die mütterliche Höhlung gleiten.

Er jubelte.

Plötzlich blieb der Strom weg.

Panik erfaßte ihn.

Er hatte kalt, es zog ihn ins Leere, er war grauenhaft einsam auf einer driftenden Klippe mitten im Meer, hoch von einem Turm rief ihn irgend jemand, er wußte nicht wer, und er konnte ihn nicht erreichen, ein Gerichtshof geisterhafter Ahnen verdammte ihn; aus Mark und Bein schrie es, versengter Wolf, vertriebener Prinz, getretene und geächtete Schlange, er heulte wie nie ein Mensch auf der Welt je wieder heulen wird.

Scham und Schande drückten ihn wie eine eiserne Krone.
Sein Glied fiel auf den Bauch zurück.
Er verharrte regungslos.
Das Katzenmädchen wippte noch leicht, Jean Calmet wußte, daß sie vorgab, nichts gemerkt zu haben, läppisch verschloß und verriegelte er sich, während er mit allen Sinnen das erlösende Wort der Auferstehung von den Toten ersehnte. Das Katzenmädchen lähmte ihn: mit einem Finger fuhr sie über Jean Calmets Glied. Da donnerte der Doktor aus blendenden Wolken, er stürzte sich in sie hinein, packte sie, ließ sie zuckend und seifernd, packte sie wieder und knackte sie, entflammte, labte und überflutete sie. Doktor, berstend vor Gelächter.
«Und du, mein bedauernswerter Sohn? Hast deine Vitamine nicht eingenommen? Wirst weichlich? Sieh deinen alten Vater. Verrunzelt, verbrannt, aber sein Knüppel bringt die Weiber zum Tanzen. Auch diese da, elender Schlappschwanz. Dein Katzenmädchen! Wenn man nicht fähig ist, sein Dirnchen zu ficken, erspart man sich all das Theater!»
So schrie der Vater in den kummererfüllten Ohren Jean Calmets. Töne des Weltuntergangs.
Das Katzenmädchen legte sich wieder neben ihn, den Reglosen, schmiegte sich an, drückte ihre Lippen auf seine Schläfe und blieb ohne Bewegung im Dunkel.
Einige Minuten vergingen.
«Willst du hier schlafen?» fragte sie.

«Nein», sagte Jean Calmet kurz.
Er fand seine Kleider im Dämmer, zog sich rasch an, legte als Abschiedsgruß die Hand auf die Stirn des Katzenmädchens, das sich im Bett nicht gerührt hatte. Dann ging er in die klamme Nacht hinaus.
Als er die Rue de la Cité überquerte, hob er den Blick hinauf zum Zimmer, das er eben verlassen hatte, und was er sah, zerriß sein Innerstes und erfüllte ihn mit Nostalgie, zärtlich und zornig zugleich: auf dem Fenstersims stand eine Milchflasche, wie er sie aus frühester Kindheit in Erinnerung hatte. Als er in seinen Wagen stieg, rollten Tränen über sein Gesicht.

Isabelle starb am Ostermontag, am 23. April. Länger, als alle hofften, hatte sie durchgehalten, sie war erschöpft, blieb im Bett, stand nur für kurze Zeit auf zum Empfang der Schulkameraden, die jeden Tag zu ihr auf Besuch kamen.
Sie wurde in Crécy beerdigt.
Eine unübersehbare Menge von Burschen und Mädchen in Blue Jeans war da, ein Harst Bauern in schwarz, die den Hut in der Hand hielten.
Jean Calmet war nicht an der Beerdigung.
Man erzählte ihm all das am Tag danach, es war der Schulanfang nach den Ferien, ein leichtes Lüftlein wehte über der Altstadt, der Himmel strahlte wie blaue Flammen, Schülergruppen trafen und trennten sich auf den Trottoirs der Rue de la Mercerie.

Jean Calmet zerbarst vor Scham. Er hatte Isabelle im Stich gelassen. Er hatte sie nur einmal besucht, an ihrem Geburtstag, dem 20. März, die Schulkameraden aßen Kuchen, man hatte Weinflaschen entkorkt, Leonard Cohen gehört, und Joan Baez und Donovan und Bob Dylan.
Solange er lebte, würde sich Jean Calmet vorwerfen, daß er die Beerdigung versäumt hatte. Warum auch hatte er an jenem Morgen Schlafmittel genommen, die ihn, den Kopf unter das schwere Kissen geklemmt, erst um fünf Uhr nachmittags wieder aufwachen ließen, als im Bauernhof von Crécy längst der Imbiß aufgetischt war? Er hatte nicht gewagt, Isabelles Verwandten unter die Augen zu treten, ihrer Familie, all den versammelten Schülern. Er hatte Angst gehabt. Eine schlimme, schamvolle Angst, die ihn festhielt, seit er den Tod seiner Schülerin erfahren hatte, eine schmutzige Furcht, man könnte ihm vorwerfen, daß er immer noch am Leben sei, er, der Unnütze, der Ledige, der Ängstliche, während das schöne Mädchen mit Erde zugedeckt wurde. «Was tun Sie hier, Herr Calmet? Sie weinen? Und Sie genießen die prickelnde Sonne auf Ihrer Haut? Sie wären besser am Platz unserer Tochter, verehrter Herr. Denn was Sie mit Ihrem Leben anfangen... Und überhaupt, wir würden Ihnen damit einen Dienst erweisen. Wenn man denkt, daß Sie mit neununddreißig Jahren zu nichts anderem taugen als einige Verse dekadenter Poeten zu zerpflücken. Welche Unverschämtheit,

Herr Calmet. Sie zögern? Sehen Sie sich noch einmal unsere Tochter an, dann den Sarg zu, ins Loch mit ihm, und im Hof der Großeltern wollen wir ein Gläschen Wein trinken. Brezel sind auch da, und Kuchen. Wie Rauschgift, das die Feigheit umnebelt, he, Herr Calmet, sehr verehrter Herr Lateinlehrer am Gymnasium!»

Jean Calmet betrachtete die Photos der Beerdigung. Unendlich lästig fiel es ihm, sich den Verlauf des Nachmittags erzählen zu lassen.

So, das wäre vorbei. Die Klasse denkt noch an die Jungverstorbene. Jean Calmet sieht das Katzenmädchen fast jeden Tag. Oft bringt ihm einer seiner Schüler ein Gedicht, ein Lied, und sobald er den Umschlag öffnet, liest er stets denselben Titel, flammend vor Kummer und Leid: *Für Isabelle.*

Manchmal, am Abend, lastet schon der Sommer in den Ästen der Lindenbäume.

An einem Aprilnachmittag, bei mildem Wetter, folgte Jean Calmet einer Katze auf dem Uferweg am See. Die Katze sagte ihm viele Dinge:

«Du hast nichts verstanden», sagte die Katze. «Du bist ein Trottel, Jean Calmet, ein armseliger Mensch, der immer tiefer ins Elend sinkt. Ich mag dich gern, Jean Calmet, du hast einen Haufen gute Eigenschaften, doch warum hörst du nicht endlich auf, täglich den Tölpel zu spielen?»

Jean Calmet ging damals ruhig hinter dem Orakel her und lauschte mit wacher Aufmerksamkeit.
«Sieh mich an», sagte die Katze. «Mache ich mir etwa Sorgen? Quäle ich mich mit Skrupeln, Zweifeln und Kummer herum?»
«Du hast keinen Vater», sagte Jean Calmet und kickte einen weißen Kiesel aus dem Weg.
«Du Niete», sagte die Katze. Sie reckte ihren Schwanz zum wolkenlosen Himmel, man sah den rosigen After im schwarzen Hintern.
Jean Calmet fühlte sich wohl. Rechts vom Weg waren Hecken und warme Mauern, links der See, der sich im Abendschein zu röten begann.
«Wie schön», sagte die Katze noch. «Fülle deine Augen, mäste dein Mark, labe deine Seele, Jean Calmet. Eines schönen Morgens wirst du nicht mehr dasein, um deinen Lebensüberschwang zu stillen. Siehst du das Schiff dort vor Evian? Betrachte das Weiß, den Nougatstock auf dem Grün und Rot. Und siehst du Savoyen? Blau und violett, das ganze Gebirge widerhallt von Wasserfällen und Steinschlag in den Klüften. Und die Nebelschwaden über dem Rhonedelta? Erinnerst du dich an die Tümpel voller Froschlaich, die Ringelnattern, die im Zickzack über das seichte Wasser glitten, in dem sich die roten Strahlen widerspiegelten? Erinnerst du dich an die Milane über der Flußmündung? Und die Fischbrut in den Gallertperlen?» «Und du, Katze», sagte Jean Calmet. «Erinnerst du dich noch an das Gesicht deines Vaters?»

Sofort bedauerte er seine Frage; die Katze drehte sich um und schaute ihn belustigt an.
Aber sie gingen den Weg weiter. Einen Moment lang sprach keines der beiden. Die Sonne ist eine Orange. Der See deckt sich mit güldenen Speichen.
Die Katze unterbrach als erste das Schweigen.
«Jean Calmet!»
«Ja! Hier bin ich», sagte Jean Calmet.
«Hast du schon an deinen Tod gedacht, Jean Calmet? Antworte nicht. Ich meine nicht den Tod der andern. Auch nicht sein Echo in deinem Schädel. Auch nicht deine geliebten Friedhöfe. Ich meine deinen Tod, Jean Calmet. Hast du schon an dein Nichtsein gedacht?»
«Katze sein nicht lustig», sagte Jean Calmet. «Böse Katze stellen allzu traurige Frage. Gefährte nicht verstehen, warum Katze böse.»
«Mach keine Mätzchen», sagte die Katze. «Gib Antwort. Du schweigst, nicht wahr? Nichts hast du begriffen, Jean Calmet. Du lebst nur halb. Du verglimmst. Du bist schon Asche wie dein Vater. Und dein Blut? Dein junges Fleisch? Dein Hirn voll fröhlicher, verrückter Ideen? Du willst lachen, Jean Calmet. Der Geist des Dionysos oder nichts. Pan oder Tod. Das Heil durch die Werke oder der letzte Abgrund in der letzten Schlucht des letzten Gebirges von Griechenland oder anderswo. Am Ende der ältesten Mythen oder im Glutbrand der Stunde. Du verreckst, Jean Calmet, wenn du dich nicht entschließest!»

Die Katze schwänzelte über die Steinchen des Weges, mit glänzendem Fell und zielsicheren Pfötchen. Jean Calmet bewunderte die erregende Bestimmtheit des Tieres, er konnte nicht anders als zuhören, was es ihm zu sagen hatte. Die Katze hatte recht. Vollkommen. Er ließ sich im Überdruß treiben und versank darin. Wann konnte er sich aus dem Sumpf befreien? Wenn ihn sein Vater dieser Prophetin folgen sähe... Welch ein Gelächter! – Ach, Scheiße für meinen Dreckkerl von Vater! Und schon ekelte ihn das Traumbild des roten Hünen bis ins innerste Mark. Ein Grauen ergriff ihn. Er betrachtete die geschmeidige Katze, sah ihre Kraft, ihre List und Lust auf dem Kiespfad und beschloß, auf sie zu hören. Ihr mit Leib und Seele zu gehorchen. Glücklich mußte er sein, fliehen mußte er die Abgründe, den bodenlosen Raum, in dem er nach Jahren heimisch geworden war. Nichts konnte ihn hindern.

In diesem Moment wußte die Katze, daß Jean Calmet sie nicht mehr nötig hatte. Sie schwenkte nach rechts ab und folgte einem Pfad, der zu einem efeubewachsenen Hause führte, schlüpfte in eine Hecke und verschwand.

Voll Erstaunen über die Begegnung verwandelte Jean Calmet die Anmut des Tieres in übernatürliche Schönheit, den behutsamen Gang in ein abenteuerliches Geheimnis, ihre Worte in göttliche Mahnung. Er dachte an seine Ankunft in Ouchy, die eleganten Quais, die alten Hotels im roten Abendlicht, die Wirtshausterrassen voll von jungen Leuten. Er dachte an die Stunden, die er da nach dem Krematorium und dem Leichenmahl verbracht hatte. Er fand seine Freude von damals wieder, dann seinen Trübsinn, und was habe ich seither getan? fragte er sich. Und mein Skandal im Evêché? Und das Stübchen in der Cité Devant? Er nahm sich fest vor, standhaft zu sein, glücklich, und fortan beherzt und im frohen Glauben zu leben.

In den folgenden Wochen war das Katzenmädchen besonders gut und sanft; Jean Calmet verbrachte mehrere Nächte mit ihr. Er rückte zur Wand unter dem Poster der Pantherin, Thérèse küßte ihn, zog ihn an und in sich, hielt ihn gefangen und erbeutete ihn sich stundenlang immer wieder von neuem. Jean Calmet liebte sie, er war unstreitig ihr Geliebter, sie sagte, sie sei glücklich, und er war auch glücklich zu Beginn dieser Maienzeit, in der die Vögel der Cité die beiden am Morgen in zärtlicher Glückseligkeit aufweckten.

Um diese Zeit wurde Jean Calmet zum Rektor des Gymnasiums gerufen, dem Milizobersten und Abgeordneten Grapp, einem stattlichen Ehrenmann mit zackigen Bewegungen. Er war kahl, mit einem höckrigen Riesenschädel, und trug stets eine dunkle Brille. Die Vorladung widerte Jean Calmet an. Was wollte

Grapp von ihm? Er kannte seine Wutanfälle, die Vorurteile des Guten und Gerechten; und vor allem fürchtete er in ihm den Älteren, den Meister. Nie hatte er ihn getroffen oder auch nur von weitem in einem der Altstadtgäßchen gesehen ohne ein Gefühl der Furcht, der Scham, heftig, stechend, als ob er plötzlich bei irgendeiner Büberei ertappt und entlarvt worden wäre. ‹Was habe ich diesmal wieder getan?› fragte sich Jean Calmet bei solchen Begegnungen. ‹Was will er mir vorwerfen?› Und er flüchtete hastig in die Gegenrichtung oder drückte sich in einen Hausgang, von dem aus er Grapp vorbeigehen sah: die Nase an das Gitterfenster geklebt, schwitzend vor Angst und Schande, wie oft hatte er den glatzköpfigen Mann einherschreiten sehen, kraftvoll und kernig, während er, Jean Calmet, sich im staubigen Dunkel des Korridors verbarg!
Mehrmals hatte Jean Calmet im Lehrerzimmer oder im Vorraum des Rektorats dieselbe Verwirrung gespürt, dieselbe Angst wie beim Eintritt in die Arztpraxis seines Vaters. Kaum bemerkte er Grapps hohe Gestalt, die karamelfarbene Kamelhaarweste, die dunkle Brille, die Crêpesohlen, so begann er zu zittern wie in Les Peupliers, wenn er an des Doktors Türe klopfte, schwitzend vor Zorn und Angst. Dutzendmal hatte er sich schon gefragt, ob seine Kollegen dieselbe Furcht empfänden. François Clerc, Verret, flohen sie, wenn der kahlköpfige Riese auftauchte? Er hatte sie schon von einer Ecke des Lehrerzimmers

aus beobachtet, wenn er zum Schein in einem Telephonbuch oder Lexikon blätterte. Er fand keine Antwort. François Clerc und Verret schienen beide völlig ungezwungen und unterhielten sich ruhig mit Grapp. Vielleicht täuschten sie Gelassenheit vor? Vielleicht waren sie ebenso verwirrt wie er, wenn sie der Meister durchbohrte? Früher oder später wollte er François fragen. Falls er es wagte. Denn würde er mit dieser Frage nicht sein Innerstes preisgeben?
Er meldete sich im Sekretariat, und Madame Oisel, an der Jean Calmet die grünen Augen und den schönen Busen bewunderte, bat ihn, sich einige Minuten zu gedulden, bis der Herr Rektor frei sei. Jean Calmet fing an zu schwitzen; er klammerte sich an den Anblick von Madame Oisel. Sie hatte sich wieder an die Maschine gesetzt, und ihre Brüste schwappten in der Bluse. Fünfundzwanzig, braungebrannt, fröhlich. Aber auch sie schüchterte ihn ein, da sie jederzeit Zugang zum Rektor hatte, die Launen des Großmeisters, seine Pläne und Geheimnisse kannte. Sie hatte teil an den eleusinischen Mysterien: Tempeldienerin mit Dreifuß, Kohlen und Zaubertränken, und im Rauch des Rektorgottes entströmte ihr eine esoterische Kraft, die Jean Calmet überwältigte. Eine schöne Frau, und glücklich. Sie hat ihn gefunden, ihren Magister: einen schönen Mann, feingliedrig, Franzose, Aushilfslehrer, der Mathematik und Turnen unterrichtet. So wartete Jean Calmet darauf, daß ihm der Rektor das Tor zum Tempel öffnen würde. Er war in

Schweiß gebadet, wischte sich die Hände an den Hosenbeinen ab und fürchtete, daß sie ob allem Reiben auf obszöne und lächerliche Art an Knien und Schenkeln vergilben könnten. Madame Oisel zog einen Briefbogen aus der Schreibmaschine, drückte den Stempel des Gymnasiums darauf, unterschrieb und falzte ihn, schob ihn dann in den Umschlag, leckte die Klappe mit langer Zunge, strich schnell mit der Faust darüber und warf den Brief in eine Pappschachtel, in der sich die Götterbotschaften stapelten. Die Türe des Rektorats ging auf, Rektor Grapp erschien. Jean Calmet wollte aufstehen, etwas in ihm schrak zusammen, sträubte und verkroch sich, dann löste sich das Widerstreben, er stand auf, und äußerlich ungezwungen ging er lächelnd auf Rektor Grapp zu. Riesengroß und geisterhaft füllte die hohe Gestalt den Türrahmen wie ein gewaltiges Rechteck aus gelbem Wollstoff. Die dunkle Brille krönte unheilverkündend das Kamelhaar, und darüber glänzte der kahle Schädel hell und höckerig. Der Riese machte den Mund auf, Speichel sammelte sich in den Winkeln, die unregelmäßigen Zähne kamen zum Vorschein wie Grabsteine weit hinten im alten Friedhof eines Kinderfressers. Und die behaarte Riesenhand streckte sich Jean Calmet entgegen. Jean Calmet stolpert über die Schwelle, errötet, spürt den Schweiß aus jeder Haarwurzel quellen, reicht seine feuchte Hand, folgt dem Freßwanst in dessen Höhle, läßt sich in einen hageren Lehnstuhl sinken, den ihm der Oberherr bezeichnet. Gewaltig sitzt der Herrscher da, behaglich hinter dem Schreibtisch, knochig, massig; die dunkle Brille verdeckt und enthüllt graugrüne Kugeln, die Jean Calmets Herz durchbohren.

«Ich will keine Umschweife machen, Herr Calmet», sagte der Rektor mit kraftvoller Stimme, und einmal mehr bemerkte Jean Calmet den Waadtländer Akzent seiner Sprache, in der das leichte Singen und die breiten Vokale etwas Bäurisches behalten hatten. «Sie sind beliebt bei uns im Hause, Herr Calmet, wir schätzen Ihre hohe Berufsauffassung. Ihre Schüler arbeiten gut, Sie können sie begeistern, und ich weiß von vielen Eltern, wie sehr Sie geachtet und bewundert werden. Somit sehe ich mich auch befugt, heute mit Ihnen eine klare Sprache zu sprechen.»

Er setzte sich in Pose, zeigte lächelnd seine krummen Zähne, Jean Calmet bereitete sich auf das Gefressenwerden vor.

«Ich wollte nicht sofort mit Ihnen darüber reden, Herr Calmet. Sie mußten sich auffangen und zur Ruhe kommen. Es handelt sich um den Zwischenfall im Evêché. Sie können sich wohl denken, daß mir die Sache zu Ohren gekommen ist. Einige Kollegen erzählten mir davon, und Eltern taten mir gegenüber ihr Erstaunen kund. Ich möchte beifügen, daß ich einen vertraulichen Anruf der Sittenpolizei erhielt, die wissen wollte, ob Drogen mit im Spiel seien. Man schaut auf uns in unserm Beruf, Herr Calmet, und da mir Ihr Pflichtbewußtsein bekannt ist, begreife ich nicht, daß Sie sich zu solchen Exzessen hinreißen ließen. Was war eigentlich mit Ihnen los, Herr Calmet? Hatten Sie getrunken? Hatten Sie den Kopf verloren? Ein schwacher Moment, und soweit verständlich, falls es dabei bleibt. Sagen Sie es mir ruhig, Herr Calmet. Schließlich könnte ich Ihr Vater sein...»

Jean Calmet zwang sich, in die geheimnisvollen Brillengläser zu blicken: er konnte nicht sprechen, seine schweißnasse Hand zitterte auf der Stuhllehne.

«Ich fühlte mich damals nicht ganz wohl», sagte er endlich.

Rektor Grapp pflichtete ihm mit einem Kopfnicken bei, wie man ein Kind ermutigt.

«Ich hatte die Kontrolle über mich verloren», fuhr Jean Calmet mit kraftloser Stimme fort. «Ich habe zusammenhanglose Dinge gesagt... Ich sah nichts mehr um mich herum...»

«Das Dumme ist, daß Sie die Dinge laut geschrien haben», fiel ihm der Rektor barsch ins Wort. «In Ihrer Stellung ist das sehr bedauerlich. Mehr als dreißig Schüler waren in der Wirtschaft. Übrigens diese Wirtschaft... doch das ist ein anderes Problem, mit dem ich mich noch befassen werde. Aber Sie werden zugeben müssen, Herr Calmet, daß Ihr Benehmen unhaltbar war.»

Jean Calmet stammelte seine Zustimmung.

«Haben Sie kranke Nerven, Herr Calmet? Müssen Sie sich pflegen lassen, brauchen Sie einige Wochen Behandlung in einer Klinik?»

Jean Calmet sprang erschrocken auf. Klinik, Psychiater, Seelenängste analysieren, Zellen, Diät... «Nein, ich bin völlig gesund», stammelte er.

«Trinken Sie, Herr Calmet? Sie werden oft mit Schülern am Tisch gesehen, mit Bier und Apéritifs...»

Nein, Jean Calmet trank nicht. Gewiß, er liebte die Gesellschaft der jungen Leute. Nein, er verführte sie nicht zum Trinken. Nein, gewiß nicht, Herr Rektor, er selbst hatte keinen besonderen Drang nach Alkohol. Nein, der Wein war für ihn nicht lebensnotwendig. Und war es nie gewesen.

«Sie sollten heiraten, Herr Calmet», sagte der Rektor. «Es ist nicht gut, daß der Mensch allein sei. Sie kommen doch aus einer großen Familie und werden sich jetzt um so mehr einsam fühlen. Ich habe Ihren verehrten Vater gut gekannt, wie Sie wissen, das war ein Mann, der für die Seinen lebte, umringt von Kindern, von Patienten! Leute wie ihn gibt es zu wenig heute. Unser Land hätte sie bitter nötig. Format, Herr Calmet! Schneid! Tatkraft! Opfermut! Kurz», – so unterbrach er sich plötzlich – «ich zähle auf Sie, daß sich der kleine Zwischenfall im Evêché nicht wiederholt. Denken Sie an Ihre Familie, denken Sie an uns. Entspannen Sie sich! Suchen Sie sich eine Gefährtin, machen Sie ihr Kinder, Herr Calmet. *Et libri, et liberi*, wie Ihre geschätzten Lateiner sagten. Sie hätten genügend Zeit, um hinter Ihren Büchern zu sitzen und eine kleine Familie zu gründen. Also dann, auf Wie-

dersehen, Herr Calmet. Es hat mich gefreut, Sie zu sehen. Ich habe vollstes Vertrauen in Sie.»
Er erhob sich, die überwältigende Gestalt mit der gelben Weste verdeckte das ganze Fenster, eine schwere, behaarte Hand streckte sich Jean Calmet entgegen, zermalmte ihm die seine, schüttelte sie zwischen dem Kannibalenbauch und dem einstweilen noch verschonten Opfer. Jean Calmet war noch einmal davongekommen. Er fand sich, völlig verstört, wieder im Gang, wo ihn der bronzene Ramuz aus ekelhaft leeren Augenlöchern anstarrte.
Jean Calmet ging zum Palud hinunter. Er dachte nicht, mechanisch schritt er vorwärts, es war gegen Ende des Nachmittags, lauwarm und zuckrigsüß. Er wußte, wohin er ging, und schämte sich nicht. Die Szene, die er soeben erlebt hatte, mußte er durch eine andere nicht alltägliche Szene auslöschen. Er mußte Grapps Masse entrinnen, die das Fenster verdeckte und das Leben ertötete.
Jean Calmet ging ruhig über die Place de la Palud bis zur Louve, dort stieß er rechterhand eine Tür auf und trat in das Treppenhaus. Dritte Etage. Eine schwarzbemalte Holztür, mit aufgeklebtem Namensschild: Pernette Colomb. Jean Calmet läutet. Die Tür geht auf: Pernette Colomb. Volle Brüste im offenen Mieder. Die Augen gedehnt mit glitzernder Schminke. Fünfundfünfzigjährig. Rundlich, mit rotem Mund, ein verschmitztes Fettgesicht.
«Ah, da ist ja mein Professorchen!»

Sie ruft es laut, knallt einen Kuß auf Jean Calmets Wange, tritt zurück zu einer Verbeugung und lädt ihn mit einer bombastischen Handbewegung zum Eintritt in ihr Zweizimmerlogis ein.
«Wie geht es auch dem Professerchen? Lange schon nicht mehr zu seiner Pernette gekommen! Es hatte wohl viel zu tun und Dämchen zu betreuen!»
Jean Calmet nimmt keinen Anstoß, hinter der Fopperei ahnt er eine Art von heimlicher Zärtlichkeit, die seine Angst sanft übertönt. Pernette schmiegt sich auf dem Sofa an ihn:
«Denken wir zuerst an das kleine Geschenk, was meinst du, Schätzchen, dann haben wir den Kopf frei für das, was nachher kommt. Wie immer, mein Lehrerchen?»
Ohne hinzublicken läßt Jean Calmet in die Hand, die sich auf seinen Schenkel gelegt hat, die einzelne Fünfzigernote gleiten, die er in der Tasche bereithielt. Pernette erhascht sie flink, wirft sie in eine Kommodenschublade und dreht den Schlüssel zweimal im Schloß. Sie klatscht in die Hände, hüpft zu Jean Calmet zurück, wirft sich zu ihm auf das Kanapee und schlenkert die nacktglänzenden Beine in die Luft. Sie umarmt ihn, ihr grenadineduftender Purpurmund legt sich auf seine Lippen.
«Komm, mein Kleiner.»
Sie zieht ihn am Arm, schiebt ihn ins Nebenzimmer, bleibt mit ihm vor einem Waschbecken stehen. Sie läßt warmes Wasser ein. Sie öffnet den Gürtel der

Hose, greift im Slip nach Jean Calmets Glied und legt es auf den kalten Rand des Waschbeckens. Rosa Seife. Unter dem warmen Strahl waschen zwei Hände gemächlich das Glied, das sich aufrichtet. Er hält seine Hosen und folgt der drallen Dame bis zum flachen Bett. Unterrock. Hüftgürtel in Lachs. Nackte Beine. Sie beugt sich über den atmenden Bauch, der Grenadinemund schlürft und schleckt, eine Hand huscht unter Jean Calmets Rücken und regt sich mit erstaunlicher Behendigkeit.

Das schwarze Höschen rutscht über die dicken Schenkel. Fast rosiges Schamhaar. Die Hand des Professors für lateinische Sprache und Literatur am kantonalen Gymnasium La Cité fummelt im abgegriffenen Geniste und blättert in glyzerinschmierigen Lefzen.

«Komm! Komm!» Lustgestöhne. Schlingern. Jean Calmet kniet in den Wölbungen und Speckwülsten, den butterigen Rundungen und Schinkenbomben der Pernette Colomb. Eines Tages hatte sie ihm den Namen Pernette erklärt. Eigentlich heiße ich Denise. Aber mein Vater hatte mich wahnsinnig gern. Er trank, mein Vater. Er war Dachdecker. Es war in Freiburg, vor dem Krieg. Er nahm mich auf sein Velo und fuhr mit mir über Land, hielt in den Wirtshäusern, Apfelschnaps trank er und Absinth darauf, damals gab es noch Absinth, soviel man wollte. Mein Vater nannte mich Pernette, sein Marienkäferchen, und lachend sagte er zu seinen Kollegen, ich sei seine einzige Liebe, sein Trost und seine Gnade. Als er

eines Tages über sein Maß getrunken hatte, fiel er vom Dach und zerschmetterte sich den Kopf auf dem Asphalt. Seither wollte ich keinen andern Namen als Pernette. Das ist mir von ihm geblieben. Mein Deckname, Professor! Jean Calmet hat sich in das dicke Marienkäferchen hineingebohrt, das geschickt auf Wollust macht. Liebling! Liebling! haucht das Geschöpf. Gib ihm! Mollige Nässe umdrängt und umzwängt ihn, er verankert sich tief in ihr, fast reglos, und läßt sich in der glückseligen Höhlung verströmen.
Beim Abschied ist Jean Calmet nicht traurig, ein wohliges Gefühl durchwärmt ihn. Denise findet freundliche Worte; und da sie ihren Kunden seit Jahren kennt, bietet sie ihm noch ein Gläschen Cognac an, damit er sich in der Stadt nicht allzu einsam fühle. Jean Calmet nimmt noch einen Grenadinekuß entgegen. Unter der Türe zögert er, bevor er geht. Aber ja, gewiß, ich komme wieder. Erst im Flur überfällt ihn Traurigkeit. Er geht die Treppe hinab. Auf dem Platz draußen erstarrt er fröstelnd vor Scham, er weicht dem Blick der Leute aus. Jean Calmet, du weißt nur zu gut, daß Denise der weibliche Dionysos ist! Schwester, Tochter, ausgelassene Gefährtin des Göttlichen! Lächerlich: eine Parodie. Die Nacht kommt. Jean Calmet senkt den Kopf, und genau in diesem Augenblick akzeptiert er, wie man den Schatten im Innern nachgibt, sich abzuwenden von den mächtigen Götterbergen.

III.
EIFERSUCHT

Sein Gebein war voller Jugendkraft,
doch mit ihm bettet sie sich in den Staub.

Hiob 20,11

Zu jener Zeit kam es zu einer Kundgebung, die im ganzen Land zu reden gab und Rektor Grapp vollends zur Berühmtheit verhalf. Die Manifestation sollte auch, freilich aus andern Gründen, Jean Calmets Leben verändern.
Die Geschichte hatte mit dem Promotionsfest in der Kathedrale begonnen, als Hunderte von Knaben und Mädchen ihren Übertritt vom Progymnasium ins Gymnasium feierten. Als ein Schüler für eine Gedichtrezitation die Kanzel besteigen durfte, nützte er die Gunst des Augenblicks, um mit einer Brandrede das Schulsystem zu kritisieren, den Lehrplan in Frage zu stellen, die Professoren zu verspotten und den Kameraden zuzurufen, sie sollten sich das alles nicht mehr gefallen lassen. Ein Skandal.
An der Promotionsfeier, von der geheiligten Kanzel der Kathedrale aus, hatte ein Aufrührer, ein Linksradikaler, Schule und Behörden beschimpft! Die Zeitungen bauschten den Zwischenfall auf, das ganze Land erregte sich: in den Dörfern warf man den Schulen vor, Jahr für Jahr nur neue Linksrebellen zu fabrizieren, in den entzweiten Städten stand eine verknöcherte Rechte gegen rote Spötter, Eltern schickten den Zeitungen rachelüsterne Leserbriefe und forderten, daß ihre Söhne die Haare schneiden müßten. Rektor Grapp und das Erziehungsdepartement trafen

einen aufsehenerregenden Entscheid: der Kanzelredner wurde suspendiert, statt im April durfte er erst im Herbst wieder die Schule betreten. Dies gab von Ende April an immer wieder Anlaß zu allerhand Happenings, angeheizt von Linksgruppen: Umzüge mit Spruchbändern und Plakaten, wilde Versammlungen auf den kleinen Altstadtplätzen, jeden Tag Flugblätter der Gruppen Spartakus, Rupture und La Taupe, der Revolutionären Marxisten, Ansprache des Ausgestoßenen vor dem Gebäude des Erziehungsdepartements. Nehmt Pierre Zwahlen wieder auf, skandierte auf der Place de la Barre eine farbenfrohe Menge, unter die sich Tagediebe und Schluckbrüder mischten, falsche Legionäre und verdammte Seelen aus dem Quartier und seinen beiden Lotterkneipen. Es war an einem schönen Frühlingsnachmittag, neue Blätter krönten die Bäumchen auf der Place de la Barre mit einem duftigen Schaum, und der große Kastanienbaum war um hundert Jahre verjüngt. Die jungen Leute kamen in einem ungeordneten Zug lachend aus der Rue de l'Université, tanzten, sangen, und die Mädchen hatten Blumen im Haar, Stiefmütterchen in die Zöpfe geflochten, Heckenrosen, andere schwenkten Sträuße von Tulpen, die sie in den öffentlichen Anlagen gepflückt hatten, in Ouchy und Montbenon, da ja ohnehin alles allen gehörte! Blumen und Festfreude!

Nichts fehlte: die munteren Plakate, Macht Liebe, haut den Paukern auf die Pauke, nieder mit der repressiven Schule, laßt die Alten nicht mehr schalten, und Liebe und Freiheit wie in Gedichten von Eluard. Lange Röcke, nackte Füße, Jeans, und sämtliche Uniformen, die die Konföderierten nach dem entscheidenden 6. April 1865 am Flußufer zurückgelassen hatten, hübsche Lieder, *der Partisan*, *die Internationale*, *Bandiera rossa*, *Le Temps des cerises*, und fassungslose Leute am Straßenrand, die Säufer aus den Hintergassen, denen ein Dreitagebart den Kopf zur Stechdistel machte, alte Huren voll Entzücken über den Radau, drei betrunkene Kaminfeger, die ihren Zylinder in die Luft werfen, ein bärbeißiger Krämer, der die Polizei rufen möchte und schließlich selber das Lied *Le Temps des cerises* mitbrummt, ein Zwerg, wie eine Kugel aus dem Café du Pavement geschossen, er kann kaum mehr bremsen, er schnellt in eine Gruppe von Blumenmädchen und drängt sich an sie, streckt seine unförmigen Arme aus, klammert sich an einen bodenlangen Ockerjupe, umschlingt herzhaft die Taille und beginnt zu kreisen und tanzen, herumzuwirbeln mit seiner schlankgewachsenen Schönen, dem Engel all seiner Träume.

Jean Calmet sah sich das Schauspiel lächelnd an. Er saß auf dem Mäuerchen, das den Fahrzeugpark der Gendarmerie umfaßt, unten am Schloß, ihm gefiel die Farbe des Himmels, das lebhafte Blau über dem wogenden Reigen, er ergötzte sich an den über das Megaphon verkündeten Slogans, am Jubel und Trubel, und als der junge Zwahlen seine Ansprache hielt, hörte er zu und freute sich. Plötzlich erschrak er, die

Furcht schnürte ihm die Kehle zu: mitten in einer beschwingten Schar von Mädchen und Burschen hatte er ein rundes Körbchen bemerkt, das ihn schmerzlich an Rotkäppchens Bescherung denken ließ. Er faßte die Gruppe näher ins Auge: das Körbchen tauchte zwischen zwei Hüften auf, halbverdeckt von Spruchbändern und Plakaten. Aber Jean Calmet erkannte den goldenen Haarschopf, der aus der gelb und weißen Kappe quoll: Thérèse. Und wer hielt ihr die Hand? Marc, der Verlobte der jungen Toten von Crécy, Marc-Orpheus mit den schönen Locken, der photographiert wurde auf der kühlen Fliese mit der durchscheinenden Eurydike am Eingang zur Unterwelt. Marc hält Thérèse bei der Hand. Wirbel von Röcken und Bändern. Schreie. Gelächter. Dann rufen die Megaphone zur Sammlung auf der Place du Tunnel, in wenigen Minuten leert sich die Rue de la Barre, man hört noch die Lieder in der Ferne verklingen, der Frühling bleibt Herr der Szene.

Jean Calmet trifft Thérèse wieder im Evêché: sie erzählt ihm von der Kundgebung, ohne Marc zu erwähnen. Sie hatte wieder in der Kunstgewerbeschule begonnen, wollte Dekorateurin werden. Das geht schneller als Pädagogik studieren. Nein, sie war nie zu Hause in Montreux gewesen. Am nächsten Wochenende wollte sie hinfahren. Montreux: Jean Calmet sah die Palmenbüschel vor dem violetten See unter den neugotischen Hotelzimmern an der Bucht aus flutendem Gold.

«Holst du mich am Sonntagabend ab?»
«Wo treffe ich dich?»
«Im Apollo, denke ich. Guck rasch, ob ich dort bin. Ich bleibe nicht den ganzen Tag bei meiner Mutter. Also im Apollo gegen sechs. Wir trinken zusammen ein Glas, und dann zurück in die Cité. D'ac?»
«D'ac», sagte Jean Calmet. Er brauchte immer das Kürzel «d'ac» für «d'accord», wenn er sich einverstanden erklärte. Er hatte Ausdrücke ihrer Gassensprache übernommen. «Hast du heute gearbeitet?»
Keine Antwort. Ausweichende Geste. Mit der Zunge leckt sie ein Lächeln weg, o Kätzchen, Kätzchen mit der durchsichtigen Bluse, Kätzchen mit den Halsketten aus Leder und Kupfer, mit den arabischen und afghanischen Ringen, Kätzchen mit dem Vlies aus Bronzegekräusel zwischen den Schenkeln, das den wohligen Wahn beflügelt und die lechzende Lust im dumpfigen Dunkel.
Dann trennen sie sich, Jean Calmet hat zu Hause Schülerarbeiten zu korrigieren, er geht früh zu Bett und schläft. Am Morgen denkt er beim Aufstehen an das Rendez-vous in Montreux.
Es war acht Uhr, als er beim Gymnasium ankam. Er parkte seinen Wagen in der Mercerie, und kaum war er ausgestiegen, spürte er, daß etwas anders war als sonst. Ein Typ, dessen Gesicht ihm nicht bekannt war, huschte hinter eine Mauer, als er ihn kommen sah. Auf den Alleebänken waren Schriftplakate aufgehäuft. Junge Bürschchen, anscheinend Sekundar-

schüler oder Lehrlinge im ersten Jahr, lehnten sich rauchend an die Vitrine des Evêché.
Zu dieser frischen Morgenstunde, als die ersten Tauber der Kathedrale Schnabel an Schnabel ihre ronsardischen Täubchen küßten, war Jean Calmet, der freundliche junge Lehrer Jean Calmet, tausend Meilen weit vom Gedanken an das entfernt, was ihm der Vormittag offenbaren und was auf sein Leben verhängnisvolle Folgen haben sollte, das bereits untergraben war von Anfechtungen und Launen, die ihn Zerberus vorwerfen konnten.
Aber vorläufig war noch Zeit zur Lektüre der *Tribune de Lausanne*. Jean Calmet überflog die Zeitung, während er ein lauwarmes Ristretto schlürfte, und wunderte sich über den Schmutz, der auf den fahlgrauen Seiten ausgewalzt wurde.
Zweites Ristretto, nicht viel wärmer. Ankunft eiliger Schüler. Zigarettenrauch. Ovomaltine. Schulhausklingel, durch die offene Türe zu vernehmen.
Auf einmal Tumult.
Etwa hundert junge Leute rennen aus der Rue de la Mercerie zum unteren Gymnasium, sie setzen sich im Schulhof nieder, lachen, brüllen Schlagworte. *Ein Sit In:* wie im Campus sitzen sie, belustigen sich, die Lehrer auf dem Weg zur Schule müssen über ihre Beine klettern. Etwa fünfzig Burschen dringen lärmend in den oberen Schulhof ein. Ein Megaphon ruft die Gymnasiasten zum Protest gegen die Maßnahme von Rektor und Erziehungsdepartement auf. Getümmel.

Geschrei. Einige Gruppen wollen in das Schulgebäude eindringen, da wird es plötzlich still, alle bleiben versteinert stehen: unter der Tür, massig, mächtig, mit glänzendem Schädel, die schreckliche dunkle Brille auf der Nase, ist Rektor Grapp erschienen. Doch trotz seiner geballten Kraft beängstigt er durch etwas anderes: in der Hand – neue Scheußlichkeit, Ding aus grauer Vorzeit, Zeichen von Gewalt und Unterdrückung, erstaunlich wie eine archaische Bestie – hält Grapp eine Peitsche, eine lange Artilleriekarabatsche, eingerollt wie eine bißbereite Schlange, eine lange Schlaufe aus geflochtenem Leder umschlingt einen festen Griff, der glänzt wie ein Polizeiknüppel. Ein Moment der Bestürzung, ein Junge stößt einen Schrei aus, das Megaphon bellt und hüstelt weiter, die Menge der Demonstranten schiebt sich auf den Haupteingang zu. Auch Grapp hat sich in Bewegung gesetzt. Kurzes Zögern. Dann hebt Grapp die Peitsche, läßt sie durch die Luft pfeifen und schnellt auf die Eindringlinge los. Verdutzt weichen die Jungen zurück. Später sagen sie es: nicht Furcht, nicht Respekt, sondern Bestürzung ließ sie nachgeben. Sie sind baff, verblüfft, einige kichern nervös. Alain und Marc knipsen Bilder. Doch die Peitsche saust weiter, Grapp wuchtet vorwärts, plötzlich flüchtet die ganze Schar und stürzt Hals über Kopf durch die große Pforte. Nun kann sich Grapp nicht mehr halten, mit erhobener Peitsche sprengt er von einem zum andern, holt die Flüchtenden ein, bricht bis zu den Holzbaracken am Westeingang durch, kommt mit mächtigen Sprüngen zurück, läßt die Peitsche sausen, eilt durch das Tor, verfolgt die Flüchtenden bis in die Rue de la Cité Devant, kehrt um, packt das ehrwürdige Tor und schließt das Eisengatter mit starker Hand. Der Hof ist leer. Herr Grapp beherrscht das Feld.

Jean Calmet hat die Szene von einem Fenster des Lehrerzimmers aus verfolgt. Auch er ist bestürzt. Später erzählen ihm die Schüler Einzelheiten, die er vom obern Stock aus nicht mitbekam: Herr Grapp seiferte und schäumte im Laufen, er stieß unartikulierte Schreie aus, einen Schüler traf die Peitsche ins Auge... Man fand kaum Worte für die Panik, die der Koloß mit der mörderischen Knute angerichtet hatte. An den nächsten Tagen hagelte es Karikaturen, Photos, Artikel. Grapp wurde in *Le Monde* erwähnt, sein Bild mit der Peitsche erschien im *Canard enchaîné:* der Ruhm und das gezwungene, spöttische oder zornige Lachen entzweite die Leute in neuen Fehden.

Peitsche, Geißel. Jean Calmet sann über das Werkzeug und seine Macht. Peitsche des Henkers, Peitsche des Liebhabers, Peitsche der Erniedrigung und der Lust. Blutig peitschen. Peitschenhieb. Der Kaffee hat mich aufgepeitscht. Einen unfolgsamen Schlingel auspeitschen. Geißel der Völker. Geißler, Geißelmönch, Geißelbruder. Und so nannte man ihn auch, Père Fouettard, den schlagfertigen Grapp. Auf den Bildern in den Zeitungen verdunkelten die schwarzen Brillengläser, die höckrige Glatze und die gefletschten Zähne das fast gutmütige Bild vom Geißelbruder. Der Übername Geißelmönch gab der Hünengestalt mit den massigen Schultern, dem stämmigen Hals und den behaarten Pranken einen Ruch von Sadismus. Auch wer Herrn Grapp niemals begegnet war, fühlte angesichts der Bilder in den Zeitungen, von der Druckerschwärze vereinfacht und verfinstert, die cholerische, grollende, geballte Kraft. Unerträglich und obszön.

Eines Nachts sah Jean Calmet die Peitsche in einem Alptraum, er schrie und wachte auf. Er ärgerte sich über seine Angst, beschloß, sich zusammenzunehmen. Doch der Vorsatz war vergeblich: Grapps Gestalt war seit dem Zwischenfall noch beherrschender, und das Alberne, Komische, Verrückte der Szene hatte geheimnisvollerweise die widersinnige, grobschlächtige Autorität vergrößert, die Jean Calmet ihm zugestand. Aus den Gesprächen, die er im Evêché fast täglich führte, erkannte er, daß seine Schüler gleich reagiert hatten und weiter reagierten wie er: sie sahen in der Peitsche die väterliche Mahnung, vom Schicksal gewollt. Erbittert, empört oder ironisch hatten sie das Feld geräumt und unter der Drohung der schrecklichen Geißel die Flucht ergriffen. Doch mehr als vor ihr und dem sausenden Leder waren sie vor dem autoritären Symbol zurückgewichen, vor dem Zeichen des Vaters, dem Zepter der Ordnung, die unanfechtbare Hierarchie gab ihnen eine Sicherheit aus dunkler Tiefe, so sehr sie auch an der Oberfläche ärgerte. Die Autorität hatte sich offenbart, das Zeichen der Macht war erschienen: so war es recht. Man konnte Kind bleiben, denn der Vater war an der Macht. Er wachte. Er hatte sich im glanzvollen Donner seiner Herrschergewalt gezeigt.

Zeus! Donnergott Jupiter! Aus grauer Vorzeit kamen die Vergleiche: Stellvertreter des Schöpfers, Gott-König, Landesvater, fürstlicher Herr über die Untertanen, alle Erscheinungsformen des strengen und strafenden Pater Familias mit seinem rauhbauzigen Wohlwollen.

An einem Vormittag sprachen sie im Unterricht statt über den *Goldenen Esel* über den Zwischenfall. Wieder stellte Jean Calmet fest, wie tief beeindruckt die Schüler waren. Weniger, weil Dutzende von Plakaten und Stöße von Handzetteln daran erinnerten. Es war ernster: wie die Erkenntnis der Abhängigkeit; auf seltsame Weise waren sie erleichtert und beruhigt.

An jenem Morgen beobachtete Jean Calmet von seinem Pult aus besonders Marc, der ihm auswich. Marc hat seinen Platz hinten im Klassenzimmer, in der Ecke gegenüber den Fenstern, neben Sandrine Dudan. Ein gutes Gespann, Marc und Sandrine, sie helfen sich, betrügen zusammen, zeichnen und filmen zusammen. Sandrine ist klein, schwarz, schnell, eine flinke Felsziege. Marc wich ihm aus... Etwas ärgerte Jean Calmet: seit der Kundgebung damals ließ Marc bei Thérèse immer häufiger Spuren zurück, zuerst war es ein Ringbuch, ein Halstuch, und dann seine Agenda, und wie eine unverschämte Herausforderung die *Griechischen und lateinischen Romane* der Pléiade-Ausgabe, die ihm Jean Calmet ausgeliehen hatte. Schon von der Türe aus hatte Jean Calmet das dicke grüne Buch bemerkt, auf dem einzigen Stuhl, am Kopfende des ungemachten Bettes.

«Wer hat dir das Buch gegeben?» hatte Jean Calmet keuchend gefragt. Er hatte Thérèse nicht einmal gegrüßt, hatte sie nicht umarmt oder ihr einen Kuß auf die Schläfe gedrückt.

«Einer deiner Schüler: Marc. Ich wollte den *Goldenen Esel* lesen. Da ihr mir die ganze Zeit davon erzählt...»

«Du hättest es von mir verlangen können.»

Jean Calmet mußte die Frage stellen, die in ihm würgte:

«Hat er es dir gebracht, hierher?»

«Er vergaß es, als er ging. Stört es dich?»

Das Biest. Da hatte man's. Fertig. Marc... Jean Calmet sieht das überheblich-schöne Gesicht, die lange Strähne über der Nase, die verhalten glimmenden Augen, den gemächlichen Schritt und die innigzarten Gesten auf dem Grab von Crécy... Er fühlte eine Wunde brennen bis in die tiefste Seele.

«War er die Nacht hier?»

«Verdammter Himmel, Jean! Ich bin neunzehn! Ich tue, was ich will, verstanden, was-ich-will!»

Die Augen schleudern Blitze. Sie speit, sie bäumt sich, bereit zum Sprung, das Katzenmädchen. Marc auf dem goldenen Bettüberwurf. Marc und die kleinen Kaffeetassen. Marc in der Bettmitte, Marc gekreuzigt, Thérèse kriecht auf ihn, bewundernswürdige Sukkuba, lustvoller Alb, goldwolliger Vampir. Das Stübchen ist eine Burg im Waldgebirge, ein verwunschenes Schloß, in das der Geist des Bösen die armen Wanderer lockt! Als Zauberin, Henkersmagd, boshafte Fee läßt sich das Katzenmädchen die Burschen des Landes bringen, zerfleischt sie, äst voll Blutgier und mästet sich, die Meuchlerin!

Doch Thérèse springt ihm nicht ins Gesicht.

«Komm», sagt sie bloß.

Jean Calmet geht ihr entgegen.

Thérèse nimmt ihn auf, öffnet die Arme, streicht mit dem Mund über seine Kehle mit den kitzelnden Stoppeln, zieht ihn auf das ungemachte Bett. Es ist fünf Uhr, der Nachmittag geht zu Ende, die Straßen müssen voll von geschäftigen Leuten sein. Sie bettet Jean Calmet wie ein Kind, zieht ihm ohne Hast die Kleider aus, deckt ihn mit dem Leintuch und dem dicken Überwurf, entkleidet sich auch, senkt sich über ihn, schließt ihn ein in ihre blonde Nacht, kost ihn mit dem Zünglein heftig wie ein Sommerregen.

Marcs Augen weichen ihm immer noch aus. Jean Calmet betrachtet fasziniert den dunklen Lockenkopf, die flatternde Strähne. Wo er wohl diese Nacht war? Im Stübchen an der Cité Devant? Sie hatten miteinander geschlafen, ganz gewiß. Kaum drehe ich den Rücken, so kleben sie schon aneinander.

Marc achtzehnjährig, Thérèse neunzehn...
Die Klasse war überreizt. Die Schüler schnitten sich das Wort ab, schrien sich an. Erregung färbte die Wangen. Jean Calmet machte gar nicht mehr den Versuch, die Streithähne zu trennen. Er stand hinten im Zimmer, dicht neben Marc, mit dem Ellbogen berührte er den Pullover aus dicker Wolle, und der Junge, betäubt von Schläfrigkeit, rutschte nicht weg. Er erwachte erst im Evêché am Tisch neben Jean Calmet, als die Glocken der Kathedrale zwölf schlugen, und Thérèse, die einen Augenblick unter der Tür stehen geblieben war, im vollen Licht, wie an dem Eingang einer dunklen Höhle, sie bemerkt hatte und lachend auf sie zuging.
«Guten Tag, Herr Professor. Tag, Marc.» Sie trug ein Kopftuch aus weiß und gelbem Kaschmir, wie eine Ikone. «Tag, Marc...»
Alle drei wußten es. Jean Calmet belauerte ihre Augen. Fröhliche Kinder. Ein Gymnasiast und eine Kunststudentin. Sie aßen, die drei, Thérèse, Marc, Jean Calmet, dann liefen die Kinder zur Schule, und Jean Calmet, der frei hatte, ging nach Hause, wo er Briefe zu erledigen und Arbeiten zu korrigieren hatte.

Gegen fünf Uhr verließ er das Haus, um ein Bier zu trinken. In der Brasserie de la Sallaz, am Fenster, notierte ein junger Mann Anmerkungen in eine Bibel. Er trug Bart und Brille, etwas mehr als zwanzig mochte er sein. Er las und kritzelte Dinge in ein Heft, las weiter und notierte mit einem winzigen Silberbleistift Randbemerkungen, unterstrich ganze Abschnitte, wobei er ein Taschenlineal benutzte, wie es Mathematiker und Geometer brauchen. Jean Calmet sah dem Bärtigen neidvoll zu: mitten im Tohuwabohu war der Junge völlig in seine Lektüre vertieft, durchdrungen von den Texten, in Gemeinschaft mit dem Wort wie ein Einsiedler in seiner Zelle. Er strahlte gestraffte Kraft und Seelenruhe aus. Er vermerkte weiterhin Notizen an den Rand seiner Bibel, unterstrich, schrieb sorgfältig in sein Notizbuch. Wer war er? Ein Theologiestudent, oder schon ein junger Aushilfspfarrer in einer der Kirchgemeinden von La Sallaz oder Chailly? Es war Freitag. Gewiß bereitete er seine Sonntagspredigt vor. Oder handelte es sich um einen jener zahllosen Evangelisten, die durch das Land schwärmen, junge Leute um sich scharen und liederliche Gemeinschaften gründen, die sie dann eiligst verlassen und mit beständigeren Gefilden vertauschen? Für eine solche Rolle schien der Mann in der Brasserie zu ernsthaft. Also Erzieher? Anstaltsseelsorger? Im Erziehungsheim Vennes zum Beispiel? Jean Calmet fröstelte. Das Heim von Vennes hatte wie eine Drohung über seiner Kindheit geschwebt. Wenn du nicht brav bist, kommst du nach Vennes! – Ach, dieser Schlingel, sagte die Mutter eines Patienten des Doktors, er war Hafenarbeiter in Paudex, der seiner Familie Sorgen machte: er ist in Vennes gelandet! Damals nannte man sie noch *Besserungsanstalt*, und Jean Calmet dachte an Strafanstalt und Zuchthaus: Er sah das Heim voll von nackten Kindern mit blutenden Wunden, voll von Henkersknechten mit Ruten und Peitschen. Wie auf einem Bild aus England, das Jean Calmet in einem alten Buch des Doktors gesehen hatte, so wurden die Knaben an ihr Bett gekettet, mit Ringen an die Wand gefesselt, und in einer Ecke des Schlafraums von riesigen, frohlockenden Wärtern mit Reitgerten geschlagen.

Aber der Bärtige hatte nichts von einem Folterknecht. Er war in seine Lektüre vertieft, und Jean Calmet wunderte sich, daß noch Jahrtausende danach die Worte eines Moses, David oder Salomo ein Herz fesseln und mit frischer Kraft erfüllen konnten; daß ein Gleichnis Jesu eine Wahrheit für den Alltag zu lehren imstande war; daß die Berichte der Jünger oder die Briefe des Paulus Leute schützen konnten wie ein trautes Heim, wie augenfällige Tatsachen von heute. Ein Hauch aus der Vorzeit fuhr über die Tische der Gäste, die Schnaps oder Weißwein tranken. Urzeitliche Laute geisterten durch die Gaststube: der dichtende Gott, der Gott des Wortes redete durch die kleine granatrote Bibel, die neben dem Glas Bier offen dalag, und aus dem Alten Testament schallten die Rufe millionenfach und wiederholten das Wort des Meisters, die Klagen und Lobgesänge der Evangelien hallten das Echo seiner Stimme.

Verwirrt gab sich Jean Calmet einem unseligen Sinnenrausch hin, wie wenn er ihn seit Monaten erwartet hätte. Ein Dornbusch flammte auf. Blumen füllten sich mit Blut. Ein Gewimmel von Fröschen überflutete die Straßen und drängte in die Häuser. Mückenschwärme erhoben sich aus dem Staub der Erde. Giftige Fliegen schwirrten durch die Luft. Viehherden im Mai verreckten an den Straßenrändern, der Jorat war ein einziges stinkendes Schlachtfeld. Geschwüre und Eiterbeulen überwucherten die Glieder all der Leute, denen Jean Calmet je begegnet war, als ob man sie strafen müßte, daß sie ein so hoffnungslos verworfenes Geschöpf getroffen hatten. Eine unheimliche Hagelwolke platzte über dem Land, sie zerhackte das hochgeschossene Gras und die Baumgärten mit ihrem glitzernden Blust. Dann wirbelte der Föhn tonnenweise Heuschrecken auf Städte und Dörfer, sie klebten sich in die Ohren und Augen jener, die sich noch aus den Häusern wagten. Eltern, Schüler, alle Bekannten Jean Calmets waren halb tot, auf den Knien brachen sie in Tränen aus und flehten um Gnade: eine Nacht dick wie Erbsensuppe überkleisterte das Land klebrig und schwer, und als alle Erstgeborenen zur gleichen Stunde starben, freute sich Jean Calmet endlich, daß er der Benjamin des Stammes war und noch einmal dem Zorn des Ewigen entgehen konnte. Der Bärtige las immer noch in der Bibel.

Jean Calmet hatte sein Bier längst ausgetrunken. Wo war Marc? Wo war Thérèse? Bumsten sie wieder unter dem goldfarbenen Bettüberwurf? Nackt, schwitzend, ungestüm schenkten sie sich ihren Speichel, ihren jungen Atem, und von ihrem Bett aus hörten sie alle fünfundvierzig Minuten die Klingel des Gymnasiums. Jean Calmet war ihnen nicht gram. Er litt. Eine Nadel durchbohrte sein Herz, als er sich vorstellte, wie sich Schultern und Arme umschmiegten, wie Marcs schwarze Achselhaare an Thérèses blonden Achselgruben klebten. Eine Dolchspitze drang ihm durch den Schädel, als er vor sich die glatten, runden, silberglänzenden Weichen sah und Thérèses kleinen Kindernabel. Die Schneide einer Axt hackte ihm in die Handgelenke und zerriß ihm das Fleisch bis auf die Knochen, als er die feinen Zehennägel wieder sah, die Thérèse ihm aus dem Bett entgegenstreckt: ‹Beiß mich›, ruft sie, ‹nimm meine Zehen in den Mund, dann ist mir wie damals, als ich klein war, mit dem Vater, ich will dich fressen, schrie er, es kitzelte, er nahm meinen Fuß in den Mund, er schnappte zu, ach, ich habe Hunger, was für einen Hunger, sagte er, und ich glaubte, daß er mich wirklich verschlingen würde in einem Stück!›

Das Bild rief in Jean Calmet seltsame Erinnerungen wach. Es war ein altes Spiel, er mochte drei oder vier Jahre alt gewesen sein, und er dachte nie ohne einen Schauer an den Schrecken, den ihm das Geräusch des Messers auf dem rauhen Stein einflößte. Der Doktor kam von seinen Krankenbesuchen zurück, mit rotem Gesicht, in Schweiß gebadet, oder mit regennassem Haar. Man hatte das Nachtessen beendet, die Großen waren schon wieder auf ihrem Zimmer, das Dienst-

mädchen wusch das Geschirr ab, unten am langen Tisch waren nur Jean Calmet und seine Mutter geblieben. Das Kind zeichnete mit Farbstiften und sang dazu, Madame Calmet strickte. Plötzlich das Auto! Die Türe knallt, die schweren Schritte eilen über den Kies. Die Haustür knarrt, Lärm im Vestibül, und der Vater tritt in die Stube. Oben am Tisch ist für ihn gedeckt, bei der hohen Standuhr. Er gibt seiner Frau einen Klaps auf die Schulter, wirft Jean Calmet in die Luft, balgt sich mit ihm, schüttelt und küßt ihn, korrigiert mit einem Strich die Zeichnung, verspottet ihn, küßt ihn wieder, und schließlich stellt er das Kind auf die Füße, das neben dem hungrigen Esser stehenbleibt. Madame Calmet bringt Fleisch und schenkt ein neues Glas Wein ein.
«Was stehst du da?» schreit der Doktor und starrt Jean Calmet in die Augen, während er sein Fleisch mampft. Schweigen. Die wilden Augen wenden sich nicht ab.
«Ich fresse dich auf, wenn du nicht verschwindest. Ich nehme dich zum Nachtessen, mein armer Jean!» Jean Calmet kann nicht fliehen. Er hat auch keine Lust dazu. Er weiß, was kommen soll, und wartet darauf. Er zittert vor Freude und Furcht, wenn er daran denkt.
«Du willst dich also nicht verstecken! Warte, warte, warte!» Der Doktor nimmt mit der Rechten das Fleischmesser und fuchtelt damit herum, die Schneide funkelt. In der Linken hält er das Tafelmesser, und

langsam, behutsam, wetzt er die Klingen, macht dazu ein böses Gesicht, rollt die Augen, fletscht die Zähne und schleckt mit der Zunge den Mund ab.
«Ha! Ha!» schreit er mit Donnerstimme. «Ha, ha, ha, ich fresse dich auf, kleiner Däumling, als Nachtisch nach dem Essen! Siehst du, wie ich mein großes Messer wetze!»
Und Jean Calmet bestaunt die Klinge, die unter der Lampe glitzert und blitzt.
«Hörst du, wie sich der Stahl schärft, hörst du diese schöne Musik!» Und Jean Calmet wundert sich über das schreckliche Zischen der beiden Klingen.
«Ha, ha, ha, nun frißt der große Mann den kleinen Jungen, der im Wald umherstrolcht!»
Der Doktor schneidet immer noch Grimassen. Plötzlich, mit unglaublicher Behendigkeit, streckt er die Pranke aus, packt Jean Calmet am Kragen, zieht ihn an sich, beugt ihn über seine Knie und legt ihm die kalte Klinge an die Kehle.
«So, mein Lämmchen!» schreit der Doktor. «Jetzt geht es dir an die Gurgel. Jetzt wird das Schätzchen geschächtet!»
Die Spitze sticht in die Haut, der Doktor drückt ein wenig, nur zum Spiel, der Stahl dringt einen Millimeter in das Fleisch, in dem einige Blutäderchen nachgeben. Des Doktors linke Hand umklammert die dünne Schulter. Mit der Rechten führt er das Messer über den weißen Hals. Der Henker grunzt und grollt. Das Opfer ergibt sich, ohnmächtig vor Vergnügen.

Im Dunkel hinten im Raum sieht Madame Calmet der rituellen Szene mit starrem, ausdruckslosem Blick zu. Jetzt läßt der Doktor das Kind los, er beendet sein Nachtmahl, als ob nichts geschehen wäre. Fertig, vorbei. Außerdem ist es Zeit zum Schlafen. Ängstlich drückt Jean Calmet einen Kuß auf die Wange des Vaters. Die Mutter bringt ihn in sein Zimmer im obern Stock und legt ihn nach dem Zähneputzen ins Bett... Jean Calmet zahlte sein Bier und ging. Die Laternen leuchteten auf. Thérèse und Marc waren jetzt vielleicht eingeschlafen. Jean Calmet kehrte nach Hause zurück und setzte sich an seinen Schreibtisch: ein ironischer Zufall wollte es, daß auf dem Stoß der Schülerarbeiten Marcs Blatt zuoberst lag. Jean Calmet las laut: Marc Barraud, Latein-Übersetzungen, 2 G Literarabt. M.T. Cicero: *De finibus*. Er nahm das Blatt, legte es vor sich, und mit müder Feder strich er die Fehler rot an, den Unsinn, der der verliebten Erschöpfung seines Schülers zuzuschreiben war.

Am nächsten Tag, einem Samstag, fand am Morgen eine dringliche Lehrerkonferenz statt. Herr Grapp hatte dazu aufgeboten, da die jüngsten Ereignisse sowie die Erregung der Schüler und Eltern, viele Lehrer beunruhigten. Eine peinliche Sitzung für Jean Calmet, der schweigend und schuldbewußt weit hinten im großen, holzgetäferten Raum saß, der so nüchtern war wie ein Versammlungssaal der Erweckungskirche. Auf den Stühlen, die aufgereiht waren wie zu einem Theater oder Konzert, hatten etwa hundert Kollegen mit ernster Würde Platz genommen. Auch die jüngeren sahen streng und angespannt aus. Alle waren verheiratet oder verlobt. Er, Jean Calmet, war bei einer Kunststudentin der Rivale seines Schülers. Lärm. Stühlerücken. Punkt acht Uhr vierzehn kam der Rektor, und alles schwieg. Herr Grapp nahm Platz am großen Tisch, der vor den Stuhlreihen stand, zwischen den Dekanen und dem Sekretär, der sich schon in den Papieren zu schaffen machte.

Herr Grapp führte den Vorsitz mit kraftvoller Stimme, und an diesem Morgen verlieh die Erinnerung an seinen jüngsten Auftritt seiner Rede überzeugenden Schwung. Als er sprach, die Ereignisse erläuterte, die Umstände analysierte, die Reaktionen von Behörden und Publikum beurteilte, gewann er zusehends an Macht über seine Zuhörerschaft, in der das Grinsen und die skeptischen Gesichter der Linken mehr und mehr den ernsten Mienen bedeutungsvoller Stunden Platz machten. Als Abgeordneter im Großen Rat und Oberst im Generalstab beherrschte Grapp die Kunst der Versammlungsführung, und schon seine Statur – er stand am Tisch und überragte mit seinen hundert Kilo den Saal – schien vor jeglicher Auflehnung abzuraten. Jean Calmet verbarg seine Verwirrung hinter einer gleichgültigen Miene und erkannte den Abgrund, der ihn von diesem Mann und den meisten seiner Kollegen trennte. Hier standen alle im Dienst der Ordnung, die nicht den geringsten Verstoß erlaubte. – Und wer bin ich? dachte Jean Calmet. Ich irre umher. Ich stammle, bummle. Genau wie mein Vater gesagt hat. Ich liebe ein Mädchen, das kaum halb so alt ist wie ich, und mache es einem meiner Schüler streitig. Schon das allein wäre genug, um mich vor dieser Versammlung und beim alleroberheiligsten Erziehungsdepartement für immer zu erledigen. Und was für ein Mädchen! Auffallend und reichlich freizügig. Wieder einmal bin ich auf dem falschen Geleise. Was habe ich unter all diesen Leuten zu suchen? Ich betrüge sie. Darauf steht Strafe. Übrigens schaut Grapp unablässig zu mir her. Warum kehrt sich alles um nach mir? Man bemerkt meine Angst. Ich muß grün sein, überschmiert von dreckiger Angst und Schuld. Schuld? Schließlich ist Thérèse neunzehn. Daß ich ledig bin? Das Gesetz verbietet es nicht. Daß ich mit den Schülern im Evêché esse? Ich tue ihnen gewiß nichts. Aber warum fühle ich mich dann schuldig? Ich bin ertappt. Durchschaut. Der Rektor blickt mich an. Er hat seine dunkle Brille abgenommen und hält sie in der Hand, ich sehe seine Augen, die mich nicht loslassen. Meinetwegen spricht er so laut. Mich warnt er, mich bedroht er! Daß ich schwitze, tatsächlich, ich muß vor Schrecken versaut und verseifert sein wie ein Saufbold, dem Erbrochenes an Lippen und Kinn klebt, und wenn er das Maul auftut, riecht man den sauren Geruch seiner Völlerei, so daß man selber kotzen möchte. Ich stinke vor Angst. Das ist mein Los... Und wie er gar nicht mehr daran denkt, daß er ein guter Lateinlehrer ist, daß seine Schüler ihn gern haben, daß er dem Gymnasium unbestreitbare Dienste leistet, so beschuldigt und peinigt sich Jean Calmet hinten im Saal, während sein Rektor Fragen aus der Mitte der Konferenz beantwortet.

Sylvain Gautier, der große Latinist, hat das Wort ergriffen. Dürr, mit weißem Schnurrbart, schwer zu überzeugen. Einer, der nie nachgibt! Jean Calmet hatte ihn als Lehrer im Collège, er kennt seinen altrömischen Stolz und Ehrlichkeitswahn. Wenn Sylvain seinen Blick auf ihn richtet, stockt Jean Calmet wie in den untern Klassen, an der Tafel, bei den schrecklichen Kreuzverhören über Vergil oder Cicero. Dann gab der wortkarge Verret ein paar Kalauer von sich. Der kleine Beimberg, ein angriffslustiger Mathematiker mit der Kräuselstirn eines Schafbocks, holte zu einer schwungvollen Senatsrede aus. Der schöne Hellenist Hulliger legte in aller Ruhe die Lage dar. Die Damen bewunderten seine Silberschläfen, und als Jaccoud das Wort verlangte und aufstand, mit blitzender Brille, Spitzbärtchen, kanariengelbem Gilet und oranger Weste, da erkannten alle an seinem selbstsicheren Auftreten schon den künftigen Rektor. Jean Calmet staunte und schwieg. Abstimmung folgte auf Abstimmung. Charles Avenex,

der unbefangene Hidalgo mit dem langen Hals des feinsinnigen Literaten, erhob sich und erklärte, daß er gar nicht verstehe, was eigentlich gespielt werde. Jean Calmet lächelte, wagte aber nicht zu sprechen, er hatte Kopfschmerzen, er war müde und langweilte sich, in der hintersten Reihe des Raumes überlegte er, was ihn alles trennte von diesen Rechtgläubigen.
Die Versammlung dauerte den ganzen Vormittag. Am Mittag legte sich Jean Calmet erschöpft zu Bett, er schlief und hatte Angstträume. Beim Erwachen erinnerte er sich: Er ist nackt, rennt in den Schulhof, der Abwart fängt ihn ein und trägt ihn gestikulierend ins Lehrerzimmer, wo er, immer noch nackt und erschüttert vor Scham, gezwungen wird, eine Ansprache zu halten vor den Blicken, die sich an seiner Demütigung weiden. Dann sperrt ihn Grapp in sein Büro ein, betrachtet ihn mit Wohlgefallen und leiht ihm endlich einen Offiziersmantel für den Heimweg.

Sonntag, Montreux. Gegen den Abhang tauchen Tauben ins Grün, auf der Seeseite zanken sich Schwäne und Möwen auf dem Wasser, das die Bise zu Gischtwellen aufwühlt. Düstere Ankunft: von Clarens an mythologische Bauwerke, Türmchen, Zinnen, Erkerchen, Pechnasen, Balkönchen über Palmengärten, Hotel Rousseau, Hotel Tilda, Lorius Hotel, links das Montreux Palace gespickt mit flatternden Schweizerfahnen, dahinter die Berge, über-

tupft von grimmem Silberschnee, dann wieder Hotels, rechts das Casino und der Wolkenkratzer des Eurotels, links Hotel de Londres, Hotel du Parc, rechts Joli Site und Metropole... Stadtmitte.
Jean Calmet parkt seinen Wagen unter dem Dach der Markthalle: ein Metallgerüst mit Röhren und rundköpfigen Bolzen, Schnörkeln aus Aluminium und Gußeisen läßt an einen Operettenbahnhof denken, an eine verunglimpfte Pagode. Jean Calmet geht dem Uferquai entlang: kurzstämmige Palmen recken ihre Fiederblätter wie Besen, blühende Magnolien, Narzissensternchen, Mimosen, die wie kleine Küken an dünnen Zweiglein wippen, rosa Kies, schwarzgeränderte Malventulpen, und plötzlich, angelehnt an ein behäbiges Bernerhaus mit rundgewölbtem Ohrendach, bringt eine Moschee, bedeckt mit einem Keramikmosaik aus blauen und weißen Kacheln, in diese monegassische Bucht einen Gluthauch von wildgewordenen Dromedaren, von Rächern mit Krummsäbel und von Heiligem Krieg aus der Tiefe mittelalterlicher Sand- und Geisteswüsten. Das Gebäude enthüllt seinen Namen über der Pforte: Le Hoggar. Jean Calmet tritt ein, steigt einige Stufen hinauf und gelangt in eine Kathedrale aus ziseliertem Nougat, mit einer Decke wie eine immense weiße Bienenwabe, von der vergitterte Messinglampen herunterhängen. Der Boden ist ein kühles Kaleidoskop aus nächtlichen Gestirnen, Mondsicheln und tiefgrünen Wasserspritzern, wie Augen, die dir unverwandt nachblicken.

Auf Tabletts liegen Lokoum-Würfel. In den Nischen glänzen blau und gelb bemalte Wasserkrüge. Kapellchen runden sich hinter eisernen Gattern. Ein näselndes Geleier, untermalt von Tambouringeklingel, durchflutet monoton den Raum. Ohne Böses zu denken, bestellt Jean Calmet bei einem verschleierten Mädchen, dessen dunkelviolett, fast schwarz lackierte Fingernägel an die Tulpen am Quai erinnern, den übelsten Trank der Welt: einen fast ungenießbaren Minzentee, den er mit einem widerwärtig süßlichen Lokoum hinunterzwingt.

Beim Hinausgehen bemerkt er beim Kanal längs der Westseite der Moschee eine Negerin mit rotem Turban, Arm in Arm mit einem Boxchampion aus Montreux, den er vom Sehen kennt. Jean Calmet denkt, die Negerfrau balanciere im Bleigrau des Kanals die purpurne Sonnenscheibe auf dem Schädel.

Gegen Savoyen zu blendet der Seidenhimmel.

Möwen flitzen vorbei, Striche aus glutblitzendem Metall. Ein Taubenschwarm kreist zwischen den Altbauten mit neapolitanischen Ziegeln über der kotigen Kanalbrühe. Wenig Passanten. Die Negerin und der Boxer haben sich auf eine Bank bei den Palmen gesetzt. Der See grünt. Die eisige Bise wirft Wellen auf wie kleine Alpenkämme zwischen den roten und blauen Booten, deren Immatrikulationen alle mit dem siegreichen V der Vaudois beginnen. In der Ferne gleitet ein Dampferchen dem französischen Ufer entlang. Auf den Hoteldächern verbeißt sich die Bise in die Banner aus helvetischem Zinnober mit dem weißen Kreuz. Bleßhühner bellen, tauchen, schreien wieder. Jean Calmet ist nicht ungeduldig. Er ist um sechs Uhr mit Thérèse verabredet.

Er trifft sie im Apollo. Bei seinem Eintritt sitzt sie schon am Fenster, er stellt fest, daß sie sich vom See und vom rosigen Himmel abhebt. Das runde Weidenkörbchen steht neben ihr auf der Bank; sie trägt das Kopftuch der Ikone; sie liest in einem Taschenbuch. Jean Calmet nähert sich, sie hebt sachtgrüne Augen zu ihm auf, er neigt sich, küßt ihre Lippen, setzt sich neben sie, legt seine Hand auf das runde Körbchen.

«Deiner Mutter geht es gut?»

«Weißt du», sagt sie, «ich habe nicht viel von ihr gesehen. Es ist immer dasselbe, sie klagt, daß sie mich die ganze Woche nie sehe, und sobald ich da bin, verschwindet sie, besucht Freundinnen. Das Wochenende scheint für sie dazu da, daß sie in alle Himmelsrichtungen flüchten kann...»

«Und du, was hast du gemacht, Thérèse?»

«Geschlafen habe ich, gelesen, gefressen, und dann bin ich durch Montreux gebummelt. Es geht mir seltsam mit Montreux. Ich fühle mich wieder in der Kinderzeit. Ich bin um den Schulhof gestrichen. Dumm, nicht? Offenbar bin ich sentimental... Und dann habe ich gezeichnet. Sieh, ich habe das Blatt mitgebracht.»

Sie entfaltet ein weißes Papier, das zwischen den Buchseiten steckte, und legt es vor Jean Calmet auf den Tisch. Eine Katze, mit grünem Kugelschreiber, zwei riesige Katzenaugen starren auf Jean Calmet und brennen weißglühend durch ihn hindurch. Einen Moment sieht er nur die geweiteten Pupillen, die forschende Iris. Inquisitionskatze. Gerichtskatze. Er haßt sie. Dann sieht er die flauschigen Bäckchen der Katze, die spitzen Ohren, das gegabelte Schnäuzchen: die grüne Tinte hat das Bild geriefelt, geritzt und bekritzelt mit winzigen Striemen, die sternförmig randwärts spritzen wie Sonnenstrahlen, denen das Auge fast nur unter Schmerzen folgen kann. Unheildrohende Katze. Etwas ist mit ganz kleinen Buchstaben unter dem dreckigen Biest geschrieben, Jean Calmet kann es nur mit Mühe entziffern, da die Striche des Fells und der Aura durch den Text rieseln. Es gelingt ihm. Er liest: *Eine Nacht in Montreux – gezeichnet morgens am offenen Fenster*, und er fragt sich sofort, was die unschuldigen Worte verbergen. Die Katze jedenfalls ist abscheulich: Jean Calmet faltet sie wortlos zusammen und schiebt sie in seine Brieftasche.

«Entschuldige mich einen Moment», sagt Thérèse und geht auf die Toiletten zu.

Jean Calmet bleibt allein, er hat die Hand auf das runde Körbchen gelegt. Mit dem Handballen prüft er die biegsamen Weidenwände, die Rundung des Dekkels, der mit einer Schleife am Korb befestigt ist. Mit den Fingern folgt er den Weidenrütchen, dringt in die Lücken, hüpft wieder aufwärts, fährt unter ein anderes Reis, kehrt zum ersten; er denkt an Rotkäppchen im Wald mit dem Körbchen am Arm, ein wehmütig-zärtliches Bild, die Geschenke, ein Kindheitstraum aus dem Tann, der dichter und dunkler wird, die Stiefelchen rascheln den Pfad entlang, man hört den immer hastigeren Atem des Kindes, das durch den Dämmer eilt. Wölfe auf der Lauer. Das Kind beginnt zu rennen, es keucht. Das Häuschen ist noch weit weg: Jean Calmet sieht die klaren Augen des Kindes; blauer Blick, dunkler Blick, der sich mit Furcht füllt, Näschen, das zusammenschrickt, Mund, in dem ein Zähnchen fehlt. Engelsmündchen, aus dem ein Schluchzen dringt...

Thérèse kommt immer noch nicht. Jean Calmet nimmt das Körbchen auf die Knie, öffnet es und wirft einen Blick in das Durcheinander. Obenauf liegt ein zerknittertes Taschentuch mit dem Monogramm M. B. Das Taschentuch kränkt Jean Calmet. Er ergreift es: das Tüchlein ist steif, wie gestärkt. Er hält es an die Nase: es riecht nach vertrocknetem Sperma. Der Geruch erinnert an ranzige Milch, trockenen Fisch, fiebrige Nacht... Tüchlein voll Sperma. Sperma von Marc. Von seinem Schüler der 2 G Literarabteilung. Marc Barraud, achtzehn Jahre, Avenue de Beaumont 57, Lausanne. Jean Calmet legt das steife Taschentuch zurück, schließt den Deckel wieder, stellt das Körbchen auf die Bank neben sich.

Thérèse kommt aus der Toilette, von weitem lächelnd, er sieht ihre Geschmeidigkeit, ihren gelösten Gang, die langen Haare, die über die zarten Schultern flattern. Sie setzt sich.

«Gehen wir ein paar Schritte?» fragt sie.
Jean Calmets Stimme klingt heiser.
«Hast du am Wochenende Marc gesehen?»
«Er ist gestern schnell vorbeigekommen. Am Samstag ist es immer lustig: Tanz, Karussells…»
Sie hat nicht gelogen. Sie hat mit einer Natürlichkeit gesprochen, die Jean Calmets Herz erdrückt. Er hat verspielt. Er weiß es. Er weiß, daß er sich mit Grauen an diesen Augenblick erinnern wird, in dem der Boden unter ihm nachgibt. Er wird an das denken, was er beim Fallen durch das Fenster der Wirtschaft sieht:

einen Eisverkäufer mit einem weißen Wägelchen
einen Mercedes, der mit zehn Kilometern daherschleicht und einen Parkplatz sucht
einen Händler mit Bleistift hinter dem Ohr
einen Boxerhund, der einen Hydranten anpißt
die Palmen am Quai
das fahlgraue Dach der Markthalle
die knallrote Sonnenscheibe im orangen Himmel.

Thérèse schweigt. Jean Calmet sagt nichts mehr. Er bezahlt, steht auf, hält die Tür auf, folgt Thérèse auf den Platz hinaus. Bis zum Auto sind es wenige Schritte. Auf dem Weg drückt Thérèse das Körbchen schützend an sich, wie ein Kind. Eine halbe Stunde Fahrt, und Jean Calmet läßt sie in der Cité aussteigen. Sie hat die Augen voller Tränen.
«Kommst du einen Moment mit hinauf?»
Er zerfließt. Er ist gerettet. Er schließt das Auto, folgt Thérèse über die enge Treppe. Ihre Türe. Ihr Schlüs-

sel. Sie treten ein. Im Stübchen stellt sie den Korb zu Boden, zündet schnell eine Kerze an, und der Bettüberwurf glänzt in goldener Pracht aus dem Halbdunkel.
Sie strecken sich nebeneinander aus, und auf dem Flaum der Schläfen, im Labyrinth der Ohren, auf den glatten Stellen des Halses atmet Jean Calmet den Duft von Zimt, von flüchtig leichtem Schweiß, von einem blühenden Moor im Mittagslicht; in den Haaren findet er wieder den Geruch des ambrafarbenen Feuersteins, den man in den Steinbrüchen sucht und gegen einen Zwillingsstein schlägt, ein Räuchlein lüftet sich beim Zusammenprall, und der Stein, den man an die Nase hält, beginnt nach warmer Feuersbrunst zu riechen wie ein Andenken an die ersten Naturkatastrophen der Erdgeschichte.
Der rötliche Halbschatten ist vergangen, ein Luftzug läßt die Kerzenflamme erzittern.
Süße Sanftheit. Jean Calmet gekreuzigt im Bett, einmal mehr, Thérèse legt sich auf ihn, zieht ihn in sich, lange, lange verschlingt sie ihn voll Zärtlichkeit, dann bäumt sie sich, löst sich aus der Umarmung, richtet sich auf, kniet mit gespreizten Knien, beugt sich aus dem Bett, auch mit geschlossenen Augen weiß man, daß sie im Dunkeln tastet, sie findet das Körbchen, öffnet es, nimmt Marcs Tüchlein, beugt sich ein wenig zurück und reibt sich rasch ab – das Taschentuch raschelt in der feuchten Nacht.
Marc. Ausgerechnet Jean Calmet wird ihn morgen in

der ersten Stunde haben, bei der Lektüre der *Metamorphosen* des Apuleius. An Marc zu denken schmerzt ihn jetzt nicht mehr. Und Thérèse, das Katzenmädchen, die Zauberin, die Sukkuba, die schreckliche Seidenfee schmiegt sich neben ihn, birgt das Tüchlein unter dem Kissen, Jean Calmet betastet es mit dem Finger, steif, klebrig, flachgedrückt unter dem Kopf mit dem leuchtenden Haar. Die Kerze brennt immer noch. Jean Calmet zieht sie zu sich, bläst die Flamme aus, und schon verbreitet sich der Duft von heißem Wachs und verkohlendem Docht, der Duft von Weihnachten! sagt Thérèse. Sie schlafen ein. In dieser Nacht quälen Jean keine Alpträume.

Schon seit einiger Zeit hatte Jean Calmet seine Mutter nicht mehr gesehen, und er schämte sich seiner Feigheit. Am folgenden Donnerstag, er hatte frei, besuchte er sie in Les Peupliers. Sie sprachen eine Stunde lang, Madame Calmet wollte wissen, wie Jean lebte, wo er seine Mahlzeiten nahm, ob er seine Wäsche zum Waschen ausgab. Sie berichtete über seine Brüder und Schwestern, faselte Unsinn und sah dabei wieder aus wie ein graues Mäuschen mit runden, ausdruckslosen Äuglein. Während sie in der Küche Tee machte, entdeckte Jean Calmet auf der Veranda zwischen den Nähschachteln eine offene Zeitschrift: *Die Kremation*, ‹Organ des Waadtländer Feuerbestattungsvereins, erscheint viermal jährlich.›

«Was ist das für ein Käsblättchen», fragte er seine Mutter ärgerlich.

«Ich bekomme es, seit Papa gestorben ist. Ich bin in den Verein eingetreten, weiß du, man zahlt nur zwanzig Franken im Jahr, und dann erledigen sie alle Formalitäten mit dem Krematorium und den Rechnungen. Stell dir vor! Statt achthundert oder tausend Franken, wie die andern, zahlt man nur zwanzig Franken im Jahr, das ist vorteilhaft. Schade, daß wir bei Papas Tod nichts davon wußten. Sie sind halt erst nach der Feier gekommen und haben mir darüber erzählt...»

Jean Calmet verspürte Übelkeit. Er öffnete die Zeitschrift und bemerkte gleich die Devise der Vereinigung – dieselbe, die auch den Giebel des Krematoriums mit mächtigen römischen Lettern schmückte:

PER IGNEM AD PACEM

Eine düstere Vignette zeigte Flammen, die auf dunklem Hintergrund aus einer Art Spiritusbrenner loderten.

«Liest du dieses Zeugs?» fragte er.

«Alles von A bis Z», antwortete die Mutter. «Es ist sehr interessant und ausführlich geschrieben.»

Jean Calmet schauerte, er begann auf der von der Nachmittagssonne überhitzten Veranda zu schwitzen, der versüßte Tee widerte ihn an. Er blätterte in der Druckschrift und las:

«*Im Falle eines Ablebens außerhalb des Kantons Waadt, sei es in der Schweiz oder im Ausland, vergütet unsere Gesellschaft der Familie dieselben Kosten, die sie bei einer*

Einäscherung im Kanton zu übernehmen hätte, das heißt: Kosten für Sarg und Einäscherung, für den Leichentransport von der Waadtländer Grenze zum nächsten Krematorium, Honorar des Organisten. Bezüglich der Aschentransporte ist zu erwähnen, daß diese in der Schweiz ohne weiteres der Post übergeben werden können...»

Er stellte sich das Gesicht des Postboten vor, wenn aus dem verschnürten Paket ein dünner Faden samtiger Asche zu rieseln beginnt, die sofort zusammengekehrt und der Familie überbracht werden muß. Er mußte sich einen Ruck geben, damit er sich daran erinnerte, daß die Asche seines Vaters in einer Urne wohl verwahrt war, hinter einem verschlossenen Eisengitter im Kolumbarium. Er griff wieder nach der Zeitschrift. Auf der Frontseite gab ein Vereinsmitglied ein Gedicht zum besten, *Das letzte Feuer*, das mit den Versen schloß:

Und wenn uns die Flammen verbrennen,
Zerfallen wir plötzlich zu Staub!
Doch andernfalls ist zu erkennen:
Der Leib wird den Würmern zum Raub.
Ersparen wir doch unsern Lieben
Die Mühen von Gärtnerbetrieben!

Jean Calmet ließ das schauerliche Blatt fallen, aber seine Mutter hob es auf, faltete es ehrfurchtsvoll und legte es gut sichtbar auf den Tisch. Gegen seinen Willen, von seinem Platz aus, las er noch ein Artikelfragment, das in der gelben Vieruhrsonne badete:

Sprechen wir vorerst von Frankreich. In Paris umfaßt der Abdankungsraum 200 Sitzplätze (Stühle und Klappstühle). Er ist prachtvoll geschmückt mit Mosaiken und einer Skulptur: ‹Zurück zur Ewigkeit.› Ein Artikel des Dekrets vom 31. Dezember 1941 bestimmt ausdrücklich: ‹Unverzüglich nach der Einäscherung wird die Asche in Anwesenheit der Familie beigebracht.› Die Angehörigen verlassen das Krematorium nicht vor der Aushändigung der Asche. Die Wartezeit dauert zwischen 50 und 60 Minuten.

Er setzte sich zurecht, trank einen Schluck Tee und nahm die Zeitschrift wieder:

Straßburg. – Es sind zwei Kapellen vorhanden: die eine mit 300 Plätzen, die andere mit 80. Der große Raum ist mit einer Orgel ausgestattet, der kleine mit einem Harmonium. Der Ablauf der Zeremonie ist in beiden Lokalitäten derselbe. Bereits einen bis zwei Tage zuvor ist der Sarg im allgemeinen in die Kühlkeller des Krematoriums verbracht worden. Eine Stunde vor Beginn der Feier wird er auf einen Katafalk gelegt, den ein silberbesticktes Bahrtuch bedeckt. Für religiöse oder profane Ansprachen steht allfälligen Rednern eine Kanzel zur Verfügung. Die Benutzung der Orgel oder des Harmoniums erfolgt gegen Entgelt. Straßburg besitzt kein Kolumbarium.

Er begann sich aufzuregen. Er blätterte die Seite um. Die Silhouette des Doktors türmte sich massig vor der großen Standuhr auf.

Marseille. – Der Sarg, bedeckt von einem schwarzen Bahrtuch mit Goldfransen, wird auf einem Katafalk in der Mitte eines mit Bänken versehenen großen Raumes aufgestellt. Für zweihundert Personen stehen Sitzplätze zur Verfügung. Von einer gutplacierten Kanzel aus können sich allfällige Redner mühelos verständlich machen. Kein Musikinstrument vorhanden. Der Sarg wird auf den Schultern in den Nebenraum getragen, in dem sich die Verbrennungsöfen befinden. Das Trauergefolge kann sich nun zurückziehen, aber auch die Rückkehr der Urne (nach ungefähr einer Stunde) abwarten, entweder im Innern des Krematoriums oder im nahen Friedhof. Die Urne, mit einem Bahrtuch bedeckt, wird auf einer kleinen Totenbahre gebracht, um im Kolumbarium aufgestellt oder in eine andere Ortschaft überführt zu werden…

Das war zuviel. Jean Calmet zerknitterte zornig die Zeitung, knüllte sie zusammen und schleuderte sie in eine Ecke der Veranda, hinter die Topfpflanzen.
«Was hast du denn?» sagte Madame Calmet schüchtern. «Hat dich etwas verdrossen?»
Wozu antworten? Er war beschämt. Wütend betrachtete er die krumme alte Frau, es schmerzte ihn, daß dies seine Mutter war, daß sie sterben mußte, daß sie zu Asche zerfallen würde, bevor er ihr wenigstens etwas von dem erzählen konnte, was ihn seit Jahren

bedrückte. Hatte sie etwas geahnt? Hatte sie im Grunde ihres Herzens die Ängste ihres Benjamins erraten, seine Verzweiflung, sein Zärtlichkeitsbedürfnis, jenen Hunger, der ihm Leib und Seele marterte? Zum erstenmal tat Jean Calmet etwas, das er noch nie getan, an das er nicht einmal gedacht hatte: Er stand auf, ging auf seine Mutter zu, zog sie aus dem Stuhl und umarmte sie, drückte sie an sich, dünn, abgezehrt, schloß das Wesen in seine Arme, und sie wehrte sich nicht, sie reagierte nicht und ließ sich willenlos bedrängen bis zur Tortur, sie atmete lauter, Jean Calmet dachte an Thérèses Keuchen unter dem goldenen Bettüberwurf. Auch du warst einst Ophelia, dachte er, als er den dürren Leib umarmte, auch du hast bezaubert, gekost und gestreichelt, du warst einst Circe, Melusine, du warst Morgiane, all die Feen aus den Märchen warst du, und jetzt treten dir die Knochen hervor, und die Runzeln schnüren dir das Gesicht zusammen!

Plötzlich entsann sich Jean Calmet an eine Pension in Corbeyrier, in der er einige Winterwochen verbracht hatte, mit der Mutter, noch als Kind. Man traf sich in einem niedlichen Salon mit Korbsesseln, Grüppchen von Damen und bronchitische Kinder spielten Karten, während die Reste des Abendessens, Eierschnitten und Milchkaffee, immer noch unter den Lüstern des Speisesaals herumstanden. Papa schickte Postkarten aus Lutry. Am Neujahrsmorgen hatte der Wirt mit der Schrotflinte eine Wildkatze in der ver-

schneiten Hecke geschossen. Er hatte lange gezielt. Jean Calmet war siebenjährig, er konnte das Geschoß nicht ablenken, das an der Gurgel getroffene Tier war auf die Erde gestürzt, wumm, man hatte es aufgelesen vom vereisten Kies, der am Boden angefroren war, und es dann in einen offenen Abfallkübel vor der Pension geworfen. Jean Calmet hustete in der Nacht. Seine Mutter stand auf, das Réchaud war ausgelöscht, sie gab ihm den Rest des kalten Brusttees. Er träumte von einem Plakat für Player's Zigaretten, das eine wächserne blonde Zuckerpuppe im Schnee zeigte, man sieht ähnliche Gesichter heute noch, Mannequins in billigen Kleidergeschäften. Nach der Siesta, am Nachmittag, machte ein kleines Mädchen Pipi in einen Nachttopf, ohne die Türe zu schließen. Jean Calmet wartete auf das Zeremoniell mit dem Papier, den wollenen Höschen und den langen Strümpfen...
«Bist du böse wegen der Zeitschrift?» fragte eine zerbrechliche Stimme. Jean Calmet hatte am Hauch ihrer Stimme den schwächlichen Leib zittern gespürt.
Nicht doch, er war nicht böse. Er war erschrocken, beunruhigt. Der dürre Körper seiner Mutter, die hervorstehenden Schulterblätter, die Kaninchenrippen hatten ihn mit einer neuen Angst erfüllt. Er neigte sich, drückte einen Kuß auf die von winzigen Furchen zerknitterte Stirn. An den Schläfen kitzelte ihm eine wildgewordene Strähne unangenehm die Lippen.
«Du weißt, seit Papa verbrannt wurde, bekomme ich eine Unzahl von Dingen, die mir vorher völlig unbe-

kannt waren. Und ich bin dem Verein beigetreten, weil ich dachte, es könnte für mich bald nützlich sein.»
Stille. Die beiden standen immer noch im verglühenden Licht.
«Bleibst du zum Essen?»
Die Stimme zitterte. Es war eine demütige Anfrage, eine Bitte, an die sie selber nicht zu glauben wagte, Jean ist ungestüm, er reißt immer aus, schon als Kind nannte sie ihn das Bummelkätzchen... Arme alte Stimme. Armes krummes Gerippe, armer tränenerfüllter Blick, der leer bleibt, grau, bläulich, verwaschen von den Jahren und vom Gehorsam. Sie wird sterben. Auch du, meine Gute und Liebe, im Krematorium...
Gott ist ein Dreckkerl.
Jean Calmet verließ Les Peupliers vor dem Nachtessen. Er hatte nicht die Kraft, der alten Frau mit den schleppenden Bewegungen gegenüber zu Tisch zu sitzen: die Hand kann das Fleisch nicht mehr schneiden, der Mund seifert ein wenig und schmatzt beim Kauen, der geräuschvolle Mund...
Während er in die Stadt zurückkehrte, folgte ihm der Blick wie eine alte Rüge: die Iris aus Vergißmeinnichtblau, getrübt, gebleicht, unbestimmt wie die einer Blinden – vielleicht nur, weil das Herz jetzt klarer und tiefer sieht als jedes Auge? Jean Calmet träumte und sah wieder Szenen aus seiner Kindheit. Dann dachte er an die Altersflecken auf den knochigen Hän-

den, bräunliche Tupfen, violette Spritzer. Bald wird sie das Gedächtnis verlieren, alles verwechseln, sie wird sich nicht mehr in der Gewalt haben... Ihr Herr ist tot. Sie muß sterben. Wer wird dem verhutzelten Ding die Augen schließen, wenn es verkrümmt in den Kissen liegt? Jean Calmet erstickte fast am Steuer seines Simca, der sich Meter um Meter durch die verstopften Straßen vorwärtsfraß.

Das Gymnasium hatte Studienfahrten organisiert, und die 2G, Jean Calmets Klasse, wollte nach Bern, ein wenig zum Scherz, ein wenig aber auch aus urzeitlichem Respekt, um über die Vorurteile der helvetischen Hauptstadt zu spotten, über ihre Banken, Palace-Hotels, ihre Schwerfälligkeit, über ihre Mundart, die wie Holländisch klingt.
«Kann man Freunde einladen?»
Jean Calmet hatte eingewilligt.
Man versammelte sich in der Eingangshalle des Lausanner Bahnhofs. An einem schönen Maienmorgen scharten sie sich zuhauf mit Hüten wie Cowboys, indischen Halstüchern, gestiefelt, US-Army-Säcke, voll von Comics und Zigaretten, geschultert. Einige Gäste waren dabei: Kunstgewerbeschüler, zwei Mädchen aus dem Lehrerinnenseminar... Einige Meter weiter weg rief François Clerc seine Gruppe zusammen.
«Wohin gehst du?» fragt Jean Calmet.
«Nach Payerne. Die Stiftskirche, weißt du, das Museum, dann ein Spaziergang über die Hügel...»

François lächelt, als Jean ihm sagt, daß er nach Bern reise.
«Willst du wieder in der eidgenössischen Mystik baden?»
Der Berner Plan bringt alle zum Lachen. Jean Calmet ist ein wenig betupft, auch wenn er belustigt mitlacht. Er weiß allzu gut, daß Bern ihn im geheimen einschüchtert: Berns Autorität, die Vaterrolle, das Bindeglied der Eidgenossenschaft, die militärische Stärke, die Bündnisse, die Hinrichtung der Feinde in den Untertanenländern, das Mysterium auch jener Sätze, die an lemanischen Gestaden so oft mit kindlichem Respekt wiederholt werden:
«In Bern haben sie beschlossen... Wir müssen in Bern anfragen... Der Bundesrat hat verfügt... Bern verlangt...»
Er gesellte sich wieder zu seinen Schülern.
Er zählte sie mit unauffälligem Blick. Marc fehlte. Würde er kommen? Jean Calmet wollte sich schon zum Bahnsteig I begeben, als in letzter Minute ein Paar durch die große Glastür kam: Marc und Thérèse. Jean Calmet schluckte, seine Kehle schnürte sich zu, er begann zu zittern, doch seine Augen ließen nicht ab von dem Paar, das durch die lärmerfüllte Bahnhofhalle rannte.
Sie hielten sich an der Hand. Sie hatten kein Gepäck. Der schlaksige Marc, Haarsträhne auf der Wange, Gesicht und Hände sonnengebräunt, geschmeidig der Körper, schlank die Beine in den geflickten Hosen!

Thérèse hatte ihren Zopf gelöst. Die kupferne Flut fiel in zwei Kaskaden auf die nackten Schultern. Sie trug eine weiße Bluse mit Silberfäden, Schenkel und Waden spannten den Leinenstoff der Jeans mit jedem Schritt.

Sie nähern sich lächelnd Jean Calmet, geben ihm die Hand, sprechen mit ihm!

Jean Calmet, ermüdet vom Grüßen und Händeschütteln, zählt seine Fahrkarten, er glaubt zu schwanken und ohnmächtig zu werden:

«Gehen wir», sagt er.

Brutal heller Bahnsteig, großer grüner Zug, Suchen, reservierter Wagen, Einsteigen, Rennen, Geschrei, Rufe. Jean Calmet war zwischen Béatrice und Daisy eingekeilt, ihm gegenüber packte Christoph Kaugummistreifen aus und bot sie in der Runde an. Jean Calmet hat die Augen geschlossen, er taucht in klebriges Dunkel, er erstickt. Marc und Thérèse. Den ganzen Tag. Sie kommen aus dem Bett. Sie sind von der Cité hinab zum Bahnhof gerannt, Hand in Hand. Blendende Morgenfrühe, mit dem frischen Seewind aus der savoyischen Bergnacht und den Wiesen am Ufer der Rhone. Und er, Jean Calmet, einsam und verdrossen vor ihnen! Er empfand Unwillen, Wut. Gegen sie, gegen sich, gegen das Licht und gegen den Wind, der durch die offenen Fenster des Abteils zog. Eine Weile verlor er sich im ätzenden Schlamm. Watete im Unrat. Versank darin. Er starb vor Scham… Als er die Augen wieder aufmachte, fuhr der Zug

durch das grüne Mittelland angesichts der Berner Alpen, die weißer waren als weiß, wie auf den Schokoladepackungen: Wiesen, Dörfer, blaue Wäldchen, ausgedehnte Weiden, dicht voll Blumen, und Smaragdschatten an den Waldrändern. Marc und Thérèse standen an einem Fenster mit wehendem Haar, Marc hatte seinen Arm auf die nackten Schultern gelegt, er drückte sie an sich, die Sanfte, er kniff die Augen zusammen im Wind, manchmal legte er den Kopf an Thérèses Hals und liebkoste ihre Stirn, ihre Nase, ihre Lippen und ihre morgenfrische Haut.
«Rehe! Rehe!»
Drei Tiere waren aus dem Gehölz ausgebrochen, sie fegten in großen Sprüngen dem Waldrand entlang und verschwanden im Dickicht.
Marc und Thérèse kurbelten das Fenster hinauf und setzten sich Auge in Auge, streckten die Beine und legten die Füße auf die Sitzbank gegenüber. ‹Wie sie schön sind›, dachte Jean Calmet. ‹Wie rein. Marc ist Thérèses Geliebter. Ich, als ich sie nehmen wollte, war impotent und lächerlich. Im-po-tent. Ich bin armselig. Ich bin eifersüchtig. Mein Gott, was habe ich getan, daß du mir alles wegraffst? Ich bin eingesperrt in mir selbst, getrennt von den andern, enteignet, schuldig deines Gesetzes wegen, das ich erledigen muß wie ein ausgescholtener Schulbub. Wann fällt die Schranke? Wann gibt man mir Zärtlichkeit, wieder Zärtlichkeit, vor dem endgültigen Sturz in das Dunkel?›

Der Zug war in Bern.
Die Stadt kam ihnen feierlich vor und wohlhabend. Doch ein Gewicht lastete auf ihren Schultern: acht Jahrhunderte Macht und unzerstörbare Kraft. Niemand sang mehr. Man mußte sich eine Zeitlang erholen vom Schreck. Sie strebten der Altstadt zu: Marktplatz, Bärenplatz, dann glänzten auf einmal die Kuppeln des Bundeshauses im blauen Himmel. Säulen, monumentale Treppe, hohe Mauern, Anbauten, graugrüne Dächer, mit unerschütterlicher Sicherheit bekundete das Gebäude unverwüstliche Kraft, Glauben an demokratische Tugend, hausbackene Weisheit, Abscheu vor törichten Moden. Alles war klotzig, behäbig, und dennoch atmete es leicht, flankiert von ungeheuren feierlichen Bankpalästen, gesund wie ein kraftvoller Greis, der auf seinem Goldhaufen wohlgedeiht.
Diese Kraft verwirrte Jean Calmet. Nun hatten die Schüler zu lachen begonnen, sie deuteten witzelnd auf die patriotischen Sprüche und die Kantonswappen in den Giebelfeldern. Einige hatten Revolutionslieder angestimmt, in die sie zum Spaß den Schweizer Psalm einflochten, andere mimten den torkelnden Tanz eines Betrunkenen, wie erschlagen von soviel feierlichem Glanz. Die Belustigung kannte keine Grenzen mehr, als eine Aspirantenschule, angeführt von einem kleinen Hauptmann mit Dolchquaste, über den Platz paradierte. ‹Aaabteilung, halt!› Vierzig steife Mützen, Schild kuppelwärts gerichtet, strah-

lend wie pistazienbeladene Caracas-Kutter, dann ein ‹Achtung, steht!›, daß es knallt und von den Kolonnaden des heiligen Platzes vielfach widerhallt. Aus dreißig Metern hörten Jean Calmet und seine Klasse den Rachenkrachlauten des Offiziers zu, der in einem Begeisterungstaumel die unendlichen Mysterien des Bundeshauses enthüllte.

Sie gingen weiter, durch kleine, von Lauben gesäumte Gassen hinab, sie machten halt unter einer Turmuhr, aus der Marionetten heraustraten und, gefolgt von Wagen, in Prunkkleidern rundum stolzierten, sie kamen an andern Banken vorbei, die auf mystische Weise den Stil des Bundestempels mit Giebeln, Säulen und Kuppeln wiederholten, sie blieben vor Botschaftsresidenzen stehen, deren Eisengitter, Wappen und die weißbereiften Panzerlimousinen in den Ehrenhöfen an Parodien von Spionagefilmen denken ließen; an einem Stand kauften sie Bier und Würstchen, aßen und tranken im frischen Wind, auf grünen Bänken einer Promenade über der Aare, sie warfen die leeren Flaschen in den Fluß und wurden gerügt vom Parkaufseher, der über die ‹cheiben welschen Studenten› schimpfte, sie lachten über ihn und sangen aus voller Kehle eine Strophe der *Internationale*, worüber sich der Alte entsetzte, schließlich kamen sie zum Bärengraben, und schon war alles fröhlich und voll von kindlichem Vergnügen. Eine weite Grube aus Sandstein, in mehrere luftige Zwinger unterteilt, in deren Mitte sich ein verdorrter und nackter

Baumstamm zum Himmel reckte wie ein Gefolterter. Unten in der Grube, in der ersten Mulde, richtete sich ein mächtiger Bär auf, dunkel und schwer, mit Fettwülsten über den Schultern, und bettelte die Zuschauer an, dabei imitierte er auf komische Art einen betenden Menschen, der die Hände faltet, voneinander löst, und von neuem um Gnade fleht. Er verdrehte seine Kugelaugen, aber sein gierig entschlossener Gang, die spitzen Reißzähne, der Speichelfaden, der aus der Schnauze bammelte, seine Krallen vor allem, gekrümmt, lang, wie schwarze Stahlklingen, gaben ihm ein Aussehen von komischer Wildheit. Er tanzte, grunzte, watschelte mit breiten Tatzen. Ein Besucher warf ihm eine Handvoll Karotten zu, der Bär ließ sich elastisch fallen, man hörte die Krallen auf dem Boden kratzen, er lief zum Festmahl, zerknackte die Karotten. Jean Calmet erinnerte sich, daß man ihm als Kind, als er mit seinen Eltern den Bärengraben besucht hatte, einen Vorfall erzählt hatte: ein Kind war hinabgefallen, der Wärter war weg beim Einkaufen, niemand konnte helfen, das Kind wurde vor den entsetzten Augen der Eltern und Zuschauer verschlungen! Der Doktor hatte ihm kein einziges Detail erspart und dabei die Raschheit und Gefräßigkeit des Bären gerühmt, ‹und weißt du›, hatte er beigefügt und seinen Sohn seltsam betrachtet, ‹er hat den Jungen mit Stumpf und Stiel aufgefressen, am Schluß blieben nur die beiden Schuhe zurück›. Wieder der Doktor. Wieder sein Vater. War nicht er es,

jener unersättliche Muskelmann, der dort unten in der Grube herrschte? War er hervorgekommen, noch einmal, um seinen Jüngsten zu tyrannisieren? Nur die beiden Schuhe! Jean Calmet erlebte voll Grausen noch einmal des Vaters Geschichte, den Schrecken von damals, und, wider seinen Willen, spähte er auf dem mit Exkrementen und Gemüseresten übersäten Boden nach Spuren der scheußlichen Mahlzeit, nach Blutflecken und nach den unschuldigen Schuhen, die das Tier verschmäht hatte.
Auf der andern Seite des Geländers stießen seine Schüler bewundernde Schreie aus, die Mädchen riefen, er ging um die Grube herum und traf auf ein drolligzartes Schauspiel, das ihn die blutige Szene vergessen ließ. Eine gutmütige dicke Bärin stieß mit der Schnauze drei Bärlein mit weißen Kragen, die trabten und trippelten, purzelten und rollten, übereinander hüpften, ausglitschten, die Flucht ergriffen, davonrannten und wieder mit sichtlicher Freude zu den Pranken und der Schnauze der Mutter zurückkehrten. Die Bärin drehte den Kopf nach rechts und nach links, überwachte ihre Sprößlinge und schien zu lachen. Gewiß, jeder konnte es sehen, sie lachte, ihr Maul öffnete sich zu einem einfältig-verzückten Grinsen, das die Zuschauer belustigte. Ein Prankenschlag warf eines der Kleinen wie einen Ball gegen den Sandstein: das Bärchen stieß ein heiseres Geheul aus und blieb verdattert in der Sonne stehen, während ihm die Mutter mit einem kläglichen Blöken rief.

Jean Calmet betrachtete seine Schüler. Über den Rand gebeugt, an die Mauer geklebt, die Fingernägel instinktiv in den Stein gekrallt, so folgten sie neugierig den Bewegungen der Tiere. Plötzlich fühlte Jean Calmet einen kalten Schmerz, sein Magen krampfte sich zusammen: auf der anderen Seite des Bärengrabens zeichneten sich Marc und Thérèse gegen den Himmel ab, umschlungen, Arm in Arm, ihre Haare flatterten im Wind, ihre Körper bewegten sich im Gleichklang und neigten sich einander zu. Jean Calmet schwankte. Er schloß die Augen. Das Paar war da, wie um ihn an seinen Fehlschlag zu erinnern, als er das erstemal bei Thérèse gelegen war. Wie um ihn an sein Alter zu erinnern. Um ihn vom Stübchen in der Cité fernzuhalten. Um ihm ein Wiedersehen mit dem Mädchen zu verbieten...

Er fühlte den Tod in der Seele, Dolche der Eifersucht. Er war darüber beschämt, denn seine Liebe war echt, und er hatte Thérèse und Marc gern. Er war beschämt, und die Scham quälte ihn, aber in seinem Innern erhob sich ein Lärmen, und das Geschrei wurde immer deutlicher und dreckiger: ‹Impotenter Nichtsnutz! Eifersüchtling! Was wartest du darauf, endgültig andern das Feld zu überlassen?› Er schlotterte unter den Beschimpfungen. ‹Das Feld überlassen! Verstehst du, Trottel? Du solltest schon lange verstanden haben!›

Man ging weiter durch die Gassen. Der Nachmittag wechselte in bräunliches Gold: in der Luft lag eine

Färbung von Kandiszucker, schwer und einschläfernd. Man war fast bei einer von Obelisken bewachten Brücke angelangt, da blieb die Klasse stockstill stehen vor einem erschreckenden Monument. Schreie und Gelächter ertönten. Jean Calmet hob die Augen und wurde von Entsetzen gepackt: hoch auf einem Brunnenstock saß ein Menschenfresser und verschlang ein Kind, er hatte es schon zur Hälfte verschluckt, die nackten Hinterbäckchen und die fleischigen Schenkelchen zappelten an seiner blutüberströmten Kehle! Jean Calmet kniff die Augen zusammen, um besser zu sehen: die Szene war schrecklich. Das vierschrötige Ungeheuer mit breitem Gesicht und schief aufgerissenem Maul, die Zähne wie ein Rechen in den Kinderrücken geschlagen, zeigte ein dumpfes Ergötzen, und seine platte Nase, die blauen Augen und das ganze zähnebleckende Gesicht beleidigten die Passanten, die seinen Untaten zuschauen mußten. Wenn man ihn so selbstsicher sah, so gierig und gewaltig, gab man sich Rechenschaft, daß nichts ihn in seinem schändlichen Freßgelage unterbrechen konnte. Der Unmensch saß bequem da, bekleidet mit einem blutroten Wams und grünen Strümpfen, auf denen rostige Flecken wie mörderische Spritzer leuchteten. Er hob die Ellbogen und steckte mit der riesigen Pranke das nackte Kind in die fletschende Scharlachschnauze. Unter dem linken Arm war ein Vorrat von frischem Fleisch: ein rundliches Mädchen mit langen Haaren, das Gesicht zerrissen vom Schreien und Weinen, ein armes kleines Opfer, war bereit für die nächste Mahlzeit. Am Gürtel des Kinderfressers, zu seiner Linken, hing ein Sack, aus dem heulende Buben und Mädchen herausschauten. Sie waren aschfahl, und ihre Haut kontrastierte mit dem Kupfergesicht des Mörders. Einem kleinen Jungen war es gelungen, sich bis zum Bauch aus dem Korb hinauszuarbeiten, er versuchte zu fliehen, gab sich schreckliche Mühe, hielt sich am Bein des Ungeheuers und zerrte, und das fruchtlose Bemühen, die Tränen, die kleinen verkrampften Leiber ließen den Riesen, der sich in seiner Fresserei nicht stören ließ, noch abscheulicher erscheinen. Ein anderes Kind war am Gürtel aufgehängt, rechts, neben dem Schlächtermesser. Auch dieses Kind wehrte sich, schlug mit den Füßchen gegen das Knie des Riesen, dem das Gezappel Spaß zu machen schien, er genoß es und wartete voll freudiger Ungeduld, bis er es kosten konnte, das frische, lebendige Fleisch, das sich in seinen Riemen und Körben krümmte: so hatte er jederzeit seine Vorräte bei sich, am Gürtel festgeschnürt, das frische Fleisch lebte und bewegte sich an seinen Flanken, schlug gegen seine Haut, regte seinen Appetit an und brachte ihn zum Lachen. Frohsinn des Kinderfressers! Jean Calmet hatte eine erschreckende Entdekkung gemacht: das Monster glich seinem Vater. Vielleicht war der Kinderfresser sein Vater, ein neues Abbild seines Vaters, dem Krematorium entstiegen, um ihn zu warnen und zu verfolgen? Es war tatsächlich der Doktor, die breiten Schultern, der untersetzte Rücken, die leutselig-grausame Rundung des ganzen Körpers. Das war gewiß er mit seiner Selbstsicherheit, der forschen Gefräßigkeit, den blauen Augen, die die Welt wie allgewaltige Feuerbrände herausforderten, das Lachen des Gesichts, die auseinanderstehenden Zähne unter den breiten Lippen. Jean Calmet dachte an das abendliche Ritual, das Zischen der Messer, die aneinander gewetzt wurden:

«Zum Fressen schön, dieses Kind. Und bald wird es gefressen. Roh und ungekocht verschlungen!»

Grunzen, Geifern, ungeduldiges Schmatzen begleiteten das Schleifen der Messer, und die dicke Hand des Doktors umklammerte Jean Calmets Hals, hielt ihn fest auf den Knien, die ebenso hart waren wie diejenigen des Ungeheuers...

Jean Calmet merkte, daß er seine Schüler vergessen hatte. Sie vergnügten sich mit einer Spritzschlacht rund um den Brunnen, andere kauften am Kiosk Ansichtskarten mit der Szene: *Kindlifresserbrunnen*, buchstabierten sie mühsam das deutsche Wort. Der Brunnen des Kannibalen! Der Brunnen des menschenfressenden Ungeheuers! Und Jean Calmet erinnerte sich an Kronos, der seine Nachkommen lebendig verspeist hatte, an den kinderfressenden Saturn, an den Moloch, der nach dem Blut reiner Jünglinge lechzte, an den schrecklichen Blutzoll frischen Fleisches, den Kreta dem göttlichen Minotaurus in seinem hämoglobinfeuchten Labyrinth entrichten mußte. Auch ihn, Jean Calmet, hatte der Vater verschlungen. Gefressen. Vernichtet. Mit zornigem Haß lehnte er sich auf gegen den Moloch-Doktor, gegen alle andern Moloche, die ihre Söhne geschlachtet hatten, ihre Kinder, gegen den immer wieder erneuerten Tribut an jungem Fleisch: Fleisch zur Lust, Fleisch als Kanonenfutter. Zu allen Zeiten hatten sie das Fleisch auf schreckliche Weise geopfert, um sich zu mästen, zu vergnügen, zu freuen, zu mehren! Gilles de Rais! Erszébet Bathory. Ihr Schmarotzer, ihr Mädchenmörder, ihr Schleicher in den Operationssälen, ihr Kinderdiebe. Ihr Markschlürfer, Blutsauger, ihr Vampire, Schlächter, Schinder, Verkäufer pausbäckiger Kinder, ihr Schlecker blutiger Grübchen, ihr Engelmörder, ihr Bauchaufschlitzer! Jean Calmet starrte auf die Statue des Töters und sah eine giftspeiende, rotschäumende Galerie sich aufreihen. Und sein Vater war das letzte Monster der scheußlichen Kolonne. Jean Calmet war ihm ausgeliefert worden als jüngster Sohn, Hände und Füße gefesselt, ganz in der Gewalt des Ungeheuers, schwach, unbeweglich, impotent! Impotent!

Das war es. Als ihn der Doktor erschreckte, verschlang, sich aneignete als Spielzeug zum Zermalmen, als er ihn zur Ader ließ nach Lust und Laune, da wollte er ihn entmannen und damit die väterliche Macht wahren, die Gewalt des harten Willkürherrschers, der er um jeden Preis bleiben wollte. Seine Brüder waren geflüchtet. Seine Schwestern waren ge-

flüchtet. Er war in der Gewalt des Meisters geblieben, er, Jean Calmet, und war hingemordet worden.
Die jungen Leute wurden ungeduldig. Der Abend senkte sich auf die Stadt. Man machte sich auf den Rückweg zum Bahnhof. Jean Calmet wandte sich um und warf noch einen Blick auf das Ungeheuer, das unablässig mit seiner scheußlichen Blutmahlzeit fortfuhr.
Sein Herz war voll Bitterkeit und Zorn. Welche Entwürdigung. Thérèse und Marc gingen vor ihm. Sie hielten sich um die Taille. Jean Calmet sah die schlanken Schenkel in den genau gleichen Jeans, ihre feingliedrigen Beine mit prallen Muskeln, ihren Gang. Einen Moment lang stellte er sich die beiden jungen Leute vor, wie sie den Moloch- und Baalpriestern ausgeliefert würden, er sah Thérèse halbnackt im Tragkorb des Kinderfressers flehen und flennen, er hörte die Schreie Marcs, dem der Riese den Hals umklammerte, um ihn hinunterzuwürgen wie Saturn, in ein Maul groß wie eine Höhle! Die Beine des Burschen zappelten grotesk in der Luft, Ströme seines kostbaren Blutes rannen über den Mantel des hungrigen Henkers! Und wenn er nicht als Gepeinigter verreckt, so wird er als Staub enden, wie die andern, in einem fauligen Loch, seine Glieder werden verwesen und in die verregnete Erde versinken. Armer Marc. Nur eine Frage von ein paar Jahren. Baal oder die Hippe...
An diesen Gedanken erkannte Jean Calmet seine

Eifersucht, er fühlte sich niedrig und gemein. Den ganzen Tag über hatte Thérèse nicht ein einziges Wort an ihn gerichtet. Nicht einen einzigen Blick. Seine Einsamkeit schien ihm wie ein Makel. Wer konnte ihm je das Leben zurückgeben? Er selber wurde zum menschenfressenden Ungeheuer. Er begann zu träumen von Opferungen, schon knackten die Knochen derjenigen, die ihn zurückgestoßen hatten, er warf sie in die dreckige Grube... Er hatte Angst, er fror. Man kam beim Bahnhof an. Die Straßenlampen leuchteten auf. Die schönen Kinder sangen, als sie in den Zug einstiegen.

IV.
DIE OPFERUNG

Die Verwesung heiße ich meinen Vater.

Hiob 17,14

Einige Abende später saß Jean Calmet allein beim Bier im Lyrique, als ein Mann hereinkam, den er mied, und den er nicht zu kennen vorgab, auch als ihn der andere von seinem Platz aus anstarrte. Der Kerl hatte ebenfalls ein Bier bestellt, er stürzte es hinunter, zahlte, schlüpfte in seinen Regenmantel: beim Hinausgehen machte er einen Bogen und ging mit ausgestreckter Hand auf Jean Calmet zu:
«Sie erinnern sich an mich, nicht wahr?»
Jean Calmet erinnerte sich nur zu gut.
Die hagere Gestalt war Georges Mollendruz.
Mollendruz, Leiter eines Nazigrüppchens, der mit der Polizei Schwierigkeiten gehabt hatte.
Mollendruz, der auf eigene Kosten ein Blättchen der Neo-Nazis herausgab, *Das wahre Europa*, dem das Heimweh nach dem Vorkriegsgepränge in Nürnberg und nach der Endlösung wie Rülpser aufstieß.
Verärgert reichte ihm Jean Calmet die Hand. Der andere nahm sie – sein Handballen war feucht – und setzte sich, ohne die Aufforderung abzuwarten.
«Nehmen Sie noch ein Bier, Herr Calmet? Ich lade Sie ein!»
Seine Stimme war gewollt herzlich, doch Jean Calmet verspürte Furcht: die welken Augen des Mollendruz musterten ihn mit unangenehmer Neugier, seine Hände zitterten... Mollendruz war ein trauriger Zech-

kumpan: man hielt ihn für einen bemitleidenswerten Kerl, einen Halbidioten. Jean Calmet hatte ihn, zur Zeit des Studiums, in den Kneipen gesehen. Sie hatten ungefähr dasselbe Alter. Seinerzeit wirkte Mollendruz in einer Westschweizer Gruppe der Pfeilkreuzler, und er prahlte vor Tischrunden mit Hitlerbildern. Man wußte nicht recht, wovon er jetzt lebte: als Journalist schickte er Beiträge an rechtsextreme Blätter in Belgien. Mehrmals war er von Privatschulen vor die Tür gestellt worden, da er mit fanatischer Freude den Faschismus predigen wollte, auch vor den Söhnchen der Automobil- und Chemie-Nabobs, die in Lausanne ihre Matur verpassen wollten. Allenfalls konnte er sich jetzt noch mit Privatstunden oder Ähnlichem über Wasser halten...

Mollendruz schnitt ein Fratze.

«Sie sind immer noch am Gymnasium?»

Jean Calmet haßte die Fragerei.

«Bisher hat man mir noch nicht den Laufpaß gegeben», antwortete er lustlos. Mollendruz schien ihm seine Schüler zu verunglimpfen, auch wenn er nur Jean Calmet nach seiner Lehrtätigkeit fragte.

«Haben Sie letzthin unsere Zeitschrift gelesen, Herr Calmet?»

Jean Calmet hatte nicht.

«Seltsam», fuhr Mollendruz fort, «wir senden sie doch allen Amtsstellen, und jeder Lehrer erhält sie persönlich an seine Privatadresse. Das nennt man, wie Sie zugeben werden, Information.»

Mit schiefem Lächeln fügte er bei:
«Wir sehen uns natürlich gezwungen, gegen die Propaganda der linken Wühler anzukämpfen, die speziell die Lehrerzimmer anvisiert... Zwar sind wir nur ein kleines Häufchen, aber ich bin gewiß, unsere Stunde wird kommen! Wir dürfen nicht zusehen, wie Maoisten und Anarchisten mit ihrer Wühlerei unter Nixons wohlwollender Duldung Europa zugrunde richten. In Paris, in Brüssel, in London, natürlich in Deutschland, und bei uns in Genf reagieren die Leute, sie werden sich der Gefahr bewußt, wappnen sich, schlagen zurück! Nicht kleinkriegen lassen, Herr Calmet! Was wir brauchen, das ist ein Kern entschlossener Männer, militante Leute, die vor der harten Tour nicht zurückschrecken. Entsinnen Sie sich an Hitlers Freunde und die SA in München, als sie ihre Propagandaveranstaltungen im Hofbräuhaus aufzogen. Maschinengewehre in allen Ecken des Saales, Herr Calmet, die Gegner wurden unerbittlich zusammengeschlagen! Da gab es keine Rücksicht! Wenn ich denke, daß heute jeder hergelaufene Kommunistenstrolch reden und unterrichten kann, wo er will...»
In der Erregung war die mürrische Stimme um einen Ton gestiegen, die Fledermaus-Äuglein glänzten boshaft in roten Rändern.
Hat er getrunken? fragte sich Jean Calmet. Nein, er glaubt, was er sagt. Ich will gehen. Ich will aufstehen, ihm die Hand verweigern, das Wirtshaus verlassen. Dreckiger Typ. Trotzdem stand Jean Calmet nicht

auf: eine Hemmung beschlich ihn, bedrückte ihn, lähmte ihn unter dem Blick des Mollendruz. Das Lyrique war voll, es war heiß, Gespräche und Gelächter erfüllten den Raum, in dem Jean Calmet kleben blieb wie ein Insekt im Leim. Mollendruz schwieg endlich. Jean Calmet reihte Münzen auf den Tisch. «Gehen Sie schon?» sagte Mollendruz bedauernd. «Kommen Sie nicht noch auf ein Gläschen zu mir? Unter Kollegen... Ich wohne ganz in der Nähe, Sie wissen. Sie haben mich nicht einmal meine Runde bezahlen lassen.»

Was war in Mollendruz? Feigheit? Neid gegenüber einem Kollegen im öffentlichen Lehramt? Schlüpfrige Angst vor allem, schäbiger Kleinmut; eine innere Unruhe ließ ihn mit rötlichem Blick um sich spähen, die Hinterstube beobachten, einen Nachbarn mustern, gegen die Scheibe der Telephonkabine blinzeln, und dann fiel sein Blick wieder auf Jean Calmet, blieb haften, für den Bruchteil einer Sekunde bloß, mit hämisch forschender Bosheit. So war es. Mollendruz fragte sich, ob seine Nummer einschlage. Viertel vor zwölf. Die Wirtshaustür öffnete sich auf den Regen, die Kellner kassierten, die letzten Gäste warfen den Mantel über. Mollendruz insistierte.

«Kommen Sie doch schnell zu einem Bierchen!»

Ungutes Gefühl. Zorn gegen sich selbst. Doch ein mechanischer Gedankenablauf, dessen Elend er als erster einsah, hinderte Jean Calmet, gegen Mollendruz Widerstand zu leisten oder ihn einfach stehen-

zulassen. Der andere klebte an ihm. Sie gingen nebeneinander her.
«Wirklich, ich wohne ganz in der Nähe», wiederholte Mollendruz im kalten Regen. «Nur schnell auf ein Glas.»
Sie gingen die Avenue Georgette hinauf. Die letzten Trolleybusse kehrten ins Depot zurück und bespritzten mit dröhnenden Pneus das Trottoir.
Zwei Minuten. Dann waren sie in Villamont.
«Hier», sagte Mollendruz und öffnete die Tür eines Hauses mit einem Blumenladen im Parterre. Jean Calmet bemerkte im Vorbeigehen die scheußliche Fleischfarbe der Treibhaus-Cyclamen im Flutlicht des Schaufensters.
Mollendruz schloß seine Wohnungstür auf, machte Licht, zog seinen Gast am Arm auf die Schwelle eines Büros, in das er ihn umständlich eintreten hieß.
«Schauen Sie nur, Herr Calmet, schauen Sie! Das sagt Ihnen doch etwas, nicht?» Jean Calmet stand blöde da, unfähig zu jedem weitern Schritt, während der Schweiß in den Achselhöhlen und an den Schläfen zu rinnen begann.
Hinten im Zimmer, unter einer Standarte des Dritten Reichs mit Reichsadler und Hakenkreuz hing ein riesiges Hitlerbild. Daneben eine Sammlung von Orden und Ehrenzeichen, Eiserne Kreuze, Wimpel, Waffen, Bilder, Flaggen von Reichsgauen...
Mollendruz hatte die Hand auf Jean Calmets Schulter gelegt:

«Soso, Herr Calmet, Sie staunen über mein kleines Museum? Sehen Sie das hier. Äußerst selten. Ich kenne Leute, die gäben ein Vermögen für dieses Stück.»
Und er entrollte auf dem Tisch eine schwarze Armbinde mit Silberrand, über die eine silbergraue Fraktur-Inschrift lief:
SS-Schule Braunschweig.
«Eine der beiden Reichsführerschulen der Waffen-SS, Herr Calmet. Stellen Sie sich vor!»
Und er streichelte das schwarze Tuch, fuhr mit den Fingern liebevoll über die erhabenen Lettern mit zackigen Winkeln, gab das Band Jean Calmet, der erschauerte wie beim Berühren einer Schlangenhaut und es hastig wieder auf den Tisch zurücklegte.
Mollendruz reichte ihm ein großes Heft, wie ein Album mit Familienphotos: Andenken an Paraden, Konzerte, Fahnenübergaben des glorreichen Korps.
«Aber Sie sind ja zu einem Bier gekommen, Herr Calmet! Ich lasse Sie auf dem Trockenen!»
Er verschwand, eine Kühlschranktür schlug zu, Jean Calmet hörte, wie sich Mollendruz mit Flaschen und Gläsern zu schaffen machte. Er ließ sich in einen Fauteuil sinken und wartete. Er war verstört und schwitzte, er konnte der flammendroten Standarte nicht ausweichen: mitten im Purpur, im kreisrunden Feld, drehte und drehte sich das Hakenkreuz, seine krummen Schenkel glichen den Beinen einer unheilbringenden Giftspinne. Darüber, im dunklen Rahmen glänzend, richtete Adolf Hitler seinen durch-

dringenden Blick auf Jean Calmet, wie wenn er über Raum und Zeit hinweg mit ihm sprechen wollte, wie wenn er mit seinen Augen den Blick des armen Mannes im Fauteuil eines seiner Jünger suchen wollte, um ihn mit allen Mitteln zu überzeugen.
Mollendruz kam mit Flaschen aus der Küche zurück und schenkte Bier ein.
«Unter vier Augen mit unserm Führer, was sagen Sie dazu, Herr Calmet! Einverstanden, das Bild ist erstaunlich lebendig. Es lebt! Es ruft! Diese Kopfhaltung, die gespannte Kraft, die wundersame Gewalt der Augen!»
Und er fügte kindlich bei, wie für sich selbst:
«Ich weiß nicht, was ich ohne dieses Bild anfangen würde...»
Und lauter:
«Ein echter Nationalsozialist, ein Haupteinsatzleiter der Kommandantur Lyon, hat es mir als Zeichen des Vertrauens geschenkt. Diese Photographie sagt es deutlich, unser Führer ist nicht tot, Herr Calmet. Auch nicht das geniale Projekt des Großdeutschen Reiches im Neuen Europa. Nehmen Sie unser Heilszeichen: das Hakenkreuz. Sie sehen, es lebt! Es dreht sich, wie die Sonne, wie die Erde, wie die Planeten, es ist das Sinnbild des Lebens, das nicht aufgehalten werden kann! Ein schlichtes Zeichen übrigens: ich habe noch selten ein öffentliches Pissoir besucht, ohne im Gekritzel ein Hakenkreuz zu entdecken. Mit dem Fingernagel eingeritzt, mit Bleistift gezeichnet, in das

Blech gekratzt, es war da, das Sinnbild, es strahlte, leuchtete, ein Beweis dafür, daß gar nichts das Heilskreuz des Reichs zerstören kann!»

Nun kam es zu einer überraschenden Szene. Mollendruz stellte sein Bierglas auf das Tischchen, marschierte stramm auf das Hitlerbild zu. Zwei Meter davor blieb er stehen, erstarrte, schlug schneidig die Absätze zusammen, hob den Arm:

«Heil Hitler!»

Er hatte in die Stille des nachtschlafenen Hauses gebellt.

Jean Calmet war aufgesprungen, aber Mollendruz ließ ihm kaum Zeit zum Atmen. Er drehte sich dem Gast zu, mit herausforderndem Blick in den rotgeränderten Augen.

«Wir werden siegen, Herr Calmet. Uns gehört Europa, uns gehört die Welt!»

Er bewegte sich wie eine Holzpuppe. ‹Und ich, wozu bin ich eigentlich hier?› fragte sich Jean Calmet bitter. ‹Ich bin gelähmt, die Komödie kehrt mir den Magen.› Er hatte das Zeitgefühl verloren. Er trank mechanisch sein Bier. Er hatte Thérèse vergessen, seine Schüler, seine Lektionen: er ging in einer zähflüssigen Schalheit zugrunde. Das Bier war schmierig. Sein Glas war schmierig. Und dennoch schenkte er sich immer wieder ein, mit schwerem Magen.

Fast eine Stunde ging vorbei, während der begeisterte Mollendruz Jean Calmet einen Stoß von Schriften zu lesen gab, *Gringoire* und *Je suis partout*, und ihm ein

Schaubild vorlegte, auf dem jüdische Rassenmerkmale dargestellt waren, Profil, Nase, Mund, Ohrläppchen, Haaransatz, Schultern, Bauch, Fußsohle, alles wurde ausführlich veranschaulicht und erklärt unter dem großen Titel:

LERNE DEN JUDEN ERKENNEN!

Ein Ekelgefühl verbrannte Jean Calmet den Magen. Er erhob sich plötzlich, wütend, verzweifelt. Er brauchte Mollendruz gar nicht die Hand zu drücken: dieser hatte begriffen, daß er zu weit gegangen war, auf der Türschwelle blieb er stehen, leicht geneigt, seine Augen musterten Jean Calmets Gesicht mit sichtlicher Befriedigung. Jean Calmet grüßte mit einem Kopfnicken, stieg die Treppe hinab und kam an die kalte Luft.

Es regnete nicht mehr. Noch drei Stunden zu schlafen. Mit der Demütigung des Abends auf den Schultern ging Jean Calmet die Avenue Villamont zurück und dachte traurig daran, daß er von der ganzen Lehrerschaft des Gymnasiums zu dieser Zeit wohl als einziger in so zweifelhafter Gesellschaft gewesen sei. Und in jener kurzen Nacht, wie zur Strafe, erschien sein Vater wieder in seinen Alpträumen: der Stier stürzte sich den dunklen Hang hinab und zertrampelte ihn, da war die Praxis in Lutry, der Doktor würgte ihn mit seinen Pranken vor der hohen Standuhr, die einem Sarg glich. Und im Morgengrauen, als

schon die Amseln in den Gärten flöteten, schrie jemand: ‹Heil Hitler!› in einem hallenden Hof und weckte Jean Calmet aus dem Fieber.
Beim Rasieren folgten seine Augen dem Weg der Klinge auf der Haut, er rülpste noch unverdautes Bier.

Der dicke blaue Trolleybus bog in die Place Saint-François ein. Jean Calmet stand in der Sonne vor der Vitrine des Comestibles-Geschäfts Manuel. Plötzlich schoß eine Ratte aus einem Kellerloch in seiner Nähe und rannte wild auf dem Trottoir hin und her. In einem Sekundenbruchteil! Jean Calmet hatte kaum Zeit für den Gedanken: ‹eine Ratte!› – später sollte er sich sagen, es sei eine große graue Ratte gewesen, mit abgeschundenem Rücken, langem rosigem Schwanz, und sollte sogar glauben, das Kribbeln der kleinen Krallen auf dem Trottoir gehört zu haben – und schon hatte sich die Ratte in das pralle Licht geworfen, geblendet rennt sie, ohne etwas zu sehen, der blaue Trolleybus erreicht die Höhe der Kirche, beschleunigt, um bei Grün auf den Grand Pont einzuschwenken, die Ratte stürzt vorwärts, ‹nein, nein›, denkt Jean Calmet, ‹Ratte und Trolleybus müssen zusammenstoßen›, voilà, schon ist es passiert, das riesige rechte Rad hat den spindelförmigen Leib der Ratte gepackt, die acht Meter des Fahrzeugs fahren noch an Jean Calmet vorbei, der stillsteht, schaut, und

nun liegt in der Sonne ein glänzender roter Fladen zwischen den Wagenkolonnen, die bremsen und anhalten.
Jean Calmet geht zum Fladen.
Die Ratte war unter dem Druck plattgewalzt.
Von nahem sah man, daß zwei Reliquien dalagen. Die erste, die man vom Trottoir aus sah, war die Umhüllung der Ratte, das Fell, das am flachgedrückten Schädel haftete. Eine rote, klarumrissene Form, der Schwanz hing am zerplatzten Balg, der Kopf war plattgedrückt wie ein karminrotes Blatt, an der Schnauze sah man noch zwei Zähnchen, krumm und kindlich im Staub. Der ganze Brei war öligrot und nahm bereits den metallischen Schimmer geronnenen Blutes an.
Die andere Reliquie war ein Bündel Därme, rosig und grünlich, die zwei Meter weg spritzten, als der Sack platzte.
Drei Uhr nachmittags.
Jean Calmet war mit Thérèse verabredet.
Er ging die Rue de Bourg hinauf und dachte an das Martyrium der Ratte. Jahrelang hatte sich das Tier in den Kellern und Winkeln unter den Boutiquen versteckt, unter den Geschäften für Luxusschuhe, den glitzernden Bijouterien; jahrelang hatte es gesucht, gestöbert, gefahndet, sein Labyrinth unter den elegantesten Schatzhäusern von ganz Europa durchstreift. Unter den Lagerhäusern mit Nerzpelzen und den Schaukästen mit Diamanten. Unter Wagenladun-

gen von Kaviar. Unter Rubinen, Karaten, elektronischen Uhrwerken, selbstgefälligen Uhrenläden. Unter Boxcalf und handgenähten Stiefelchen. Eines Nachmittags, gegen zwanzig vor drei, war sie aus ihrem Schlupfwinkel hinausgehuscht. Zufall? Gejagt? Von den andern Ratten vertrieben? Koller? Schrulle? Drang, die Welt anzusehen? Sie hatte genug von ihren Irrgängen und war hinaus an die Sonne, wo sie schon nach vier Metern zermalmt wurde. Unter unserm Himmel ist nicht gut nach Unabhängigkeit streben. Nicht gut sein in der Stadt als Ungezähmter. Jean Calmet dachte an den Igel, der ihn beraten hatte in einer Mondscheinnacht, an die Katze, der er dem See entlang gefolgt war. Auch sie waren Freischärler, Narren, einsam und scheu. Zwei, drei Jahre lang hatte die Ratte gelebt, der Stadt getrotzt, stolz und ungestüm, ihren Lüsten und Launen folgend, als lauernde Räuberin, still und heimlich unter den Gossen der Altstadt, ein denkendes Köpfchen, das einsam wie ein Lichtlein durch die dunklen Gänge fackelte, Herz im Herzen der lärmigen Stadt!

Jean Calmet war am obern Ende der Rue de Bourg angelangt, er wandte sich nach links über die Rue Saint-Pierre und kam zum Pont Bessières, der in luftiger Höhe die Rue Saint-Martin überquert. Brücke der Selbstmörder: mehrmals in der Woche sprangen Leute ins Leere und zerschmetterten dreißig Meter tiefer vor den Tanksäulen der Peugeot-Garage. Der Tankstellenwärter hatte stets einen Sack Sägemehl

bei der Hand und bedeckte die Blutlachen, damit die Autos der Kunden nicht ins Schleudern gerieten oder beschmutzt wurden. Ohne die Ankunft der städtischen Ambulanz abzuwarten, pflegte der Tankstellenwart die zerrissenen Leichen zuzudecken: die Decke war jederzeit zu sehen, sie lag, sorgfältig zusammengelegt, neben einer Benzinsäule. Sie trug Flecken und schien hart vor braunen Krusten.
Als er über die Brücke ging, blieb Jean Calmet möglichst weit weg vom Geländer, er fürchtete den Schwindel und stellte sich jedesmal den ganzen Wahnsinnsmechanismus vor, der die letzten Momente des Verurteilten bestimmte. Ich bleibe auf dem Trottoir stehen; ich klammere meine Hände fest an die Balustrade; ich überklettere die Eisenschranke; jetzt sehe ich die Straße unter mir, die Garage, den blendenden Asphalt; ich weiß, was ich will; ich will sterben; ich zögere nicht; ich stoße mich ab: Scheiße, ich falle ins Leere, ich falle, der Atem stockt... ich...
Jean Calmet hatte sagen gehört, daß man beim Sturz vor dem Aufprall das Bewußtsein verliere.
Grauenhaft.
Brückenmitte.
Die sich da hinabstürzten, das waren auch Unbezähmte, Drängende, Heimliche, von der Welt gehetzt und getötet. Wie die Ratte. Wie alle die Tiere, die heroisch gegen den Beton ankämpfen, gegen Abgase, Eitelkeit, Aberglaube, billige Vergnügen, Feigheit: Sperber werden aus sonnigem Himmel geknallt,

Füchse mit Giftgas gehetzt, Dachse in den Fangeisen totgeprügelt, Schleiereulen gekreuzigt, Mäuse in der Falle ersäuft, Dompfaffen mit Luftgewehren gekillt, Eichhörnchen mit Strychnin vergiftet, Rehkitze von Mähmaschinen verstümmelt, Wildschweine im Schlaf massakriert, Hasen erdrosselt, Hirsche mit dem Sturmgewehr zerfetzt, Katzen von nächtlichen Strolchenfahrern als Freiwild gejagt, Kröten, Frösche, Igel im kühlen Wind der Nebenstraßen zu blutigen Omeletten zermalmt... Thérèse erwartete ihn im Evêché.
Welch ein Geheimnis in ihr. Wie eine üppige Frucht, und auch die Hülle ist geheimnisvoll, sie leuchtet sanft, ein Licht in den Haaren erhellt das schöne Gesicht, das sich über ein Buch neigt, die hohe Stirn, die runden Backenknochen, den Hals mit der Halskette, die sich im bestickten Hemd verliert. Sie trägt Jeans, Holzschuhe. Ein junges Mädchen. Am 16. August wird sie zwanzig. Im Zeichen des Löwen. Unter dem weißen Linnen mit dem altmodisch bestickten Zierstreifen rundet sich der Busen zu zwei Kugeln. Jean Calmet möchte das Kräglein öffnen, eine Brust enthüllen, seinen Mund auf den rosigen Hof legen und trinken. Leben einschlürfen an dieser Quelle, für immer eintauchen in die mütterliche Geborgenheit.
Sie hob die Augen.
Zwei grüne Brunnen.
Sie lächelte, die Zähne glänzten eine Sekunde, sie legte das Buch auf den Tisch. Es war *Die Lilie im Tal* von Balzac.

Jean Calmet stand da und schaute sie an.
«Wollen wir durch die Cité bummeln?» fragte sie.
Sie gingen um die Kathedrale, dem Platz entlang, wo Jean Calmet im letzten Herbst gesehen hatte, wie sich eine seiner Schülerinnen über das Gerippe eines Mönchs beugte und ihm eine Blume zwischen die Zähne klemmte.
Thérèses nackte Füße staken in weißbemalten Holzschuhen, ihr Schritt hallte fröhlich in den Gäßchen, die zu dieser Stunde des Nachmittags verlassen waren, und Jean Calmet wunderte sich einmal mehr, wie seltsam nah bei der Kindheit das Mädchen war, bei den Märchen, den Gravuren in alten Büchern mit röschenfarbenem Einband, bei den vergilbten Kupferstichen mit rostigen Flecken, die von Buchhändlern und Antiquaren mit Wäscheklammern ins Schaufenster gehängt werden. Als ob das Tripp-Trapp der Holzschuhe genügt hätte, um ein Annodazumal aufleben zu lassen mit neuen Wundern, in denen Jean Calmet Thérèses Macht erkannte: ihre Mädchen, ihre Schwestern, ihre kleinen Basen von Herd und Wald, die Zwerge, Feen, Zaubersprüche, die sprechenden Tiere am Bach, die mit einem Kuß vom Tode erweckten Töchterchen, die im glühenden Stübchen eingesperrten Bräute, während die weiten Wiesen grünen bis hin zum Jura, von dem die Nacht naht.
Das hat ihn an ihr überrascht, als er sie zum erstenmal im Evêché sah. Die Mischung von Jugendfrische und uralter Weisheit. Das Mütterliche und das Kät-

zische. Unschuld und Verschmitztheit. Blond und Nachtdunkel. Der Geist der Feen, Thérèse, und ich habe dich nicht lieben können! Nicht können. Nicht können. Die Holzschuhe klapperten auf dem Asphalt, sanft und klar, und schon schwankten Riesen einher, der kleine Knabe streute sein Brot in das Dickicht, und nun spähten die Vögel von den hohen Zweigen nach den hellen Brosamen. Klipp-klapp. Die spöttischen Holzschuhe lachen, sie hänseln, nicht können, kuckuck, tripp-trapp, alter Trottel, ich bin jung, zwanzigjährig, ich komme und gehe, ich spaße, ich weine, ich schlafe mit Marc, ich zeichne Katzen, ich schlecke Eis, fort aus der Kunstschule, wieder zurück, Mama in Montreux, ich kümmere mich nicht, und die rote Sonne fällt hinter die Musiktribüne. Und ich habe hübsche runde Brüste, die unter Marcs Zunge schnell ungeduldig werden. Und ich habe ein Körbchen. Eine schlanke Figur, wie es in den Katalogen der Modegeschäfte heißt. Jean? Monsieur Calmet? Ich habe ihn zwei oder drei Tage geliebt. Er ist tiefsinnig. Ich verstehe ihn, ohne ihn zu verstehen. Er spricht nie von sich. Seine Augen sagen genug. Eines Nachmittags hat er in der Wirtschaft geschrien. Ich habe ihn mitgenommen. Ich hatte Lust, mit ihm zu schlafen. Es ging nicht recht. Seither schaut er mich mit noch verrückteren Augen an. Marc sagt, er habe ihm einmal von seinem Vater erzählt: ein komischer Typ, sein Vater, ebenso sonderbar wie er, aber brutal. Grobian mit Köpfchen. Gefährlich, scheint's. Ich habe Mama in Montreux, und Papa hatte die gute Idee, am hellichten Tag auf einem Gletscher zu sterben. Jean nennt mich Katzenmädchen. Vielleicht weil ich ein süßes Fötzchen habe, warm und feucht. Vielleicht weil ich tue, was mir gefällt. Ich habe ihn verraten. Zuviel gesagt? Ich liebe Marc. Schade für Jean. Ich möchte ihn nicht quälen. Er soll zu mir kommen, so oft er will. Ich fliehe ihn nicht...

Doch nein, so einfach ist es auch wieder nicht, und er weiß es. Mit solchen Gedanken quälte sich Jean Calmet auf dem Weg durch die Altstadtgassen an einem Sommernachmittag, als die Rosen schwer an den Gartenlauben der Rue de la Barre hingen und sich die Amseln zuriefen. Er kränkte sich auf dem ganzen Weg durch die Winkel und Gäßchen; sogar das Klappern der Holzschuhe wurde ihm schließlich lästig; die Fee an seiner Seite trällerte vor sich hin, sie pflückte an den alten Mäuerchen Nelken und wunderte sich über deren Vanilleduft. Sie legte die Blumen in ihren Korb. Noch ein Nachhall aus dem Märchen, wo der Räuber im Gebüsch eine freundliche Fratze schneidet, um das Mädchen anzureden.

Vier Uhr. Eine drückende, feuchte Hitze. Die Zeit, da man sich in das Hinterstübchen einer Wirtschaft verdrücken möchte, irgendeine Treppe hinaufsteigen und sich in einer kühlen Kammer hinlegen. Die Stunde der Wölfe, sagte der Doktor und musterte dabei den kleinen Jungen. Das ziegelrote Weingesicht taucht vor Jean Calmet auf, starr und grausam. ‹So bin ich denn zum Leiden geschaffen›, sagte er sich beim Gehen. ‹Zerhacken will man mich. Annageln. Die Kindheit? Mißachtet. Der Rest zerstört. Mein Vater, Liliane, Thérèse... Nichts geht über Prostituierte, die dicke Pernette, und nachher ist es noch schlimmer. Und Mutter? Er schämte sich, sofort an die Esserei zu denken, an den alten Mund, der sich im verlassenen Eßzimmer geräuschvoll bewegt, und draußen senkt sich die Sonne auf den See, das Blut des Abends fällt auf das Land. Mama ist allein, Mama wird sterben, in zwei Jahren vielleicht, in drei Jahren, sie zittert mehr und mehr, sie ist zerbrochen seit Papas Tod, den ganzen Tag wartet sie auf einen Anruf, sie spricht mit sich, bleibt stundenlang am Fenster sitzen, und der Abendschein läßt ihr armes Runzelgesicht aufflammen, sie denkt an früher und blickt ins Leere...›

Der Himmel wurde grau und schwärzlich, plötzlich war er violett, und der Donner krachte, silbriger Regen prasselte auf die Stadt, riß die Blätter von den Bäumen, wälzte sich in Wildbächen durch die abschüssigen Gassen der Cité. Thérèse lief vor Jean Calmet her, hielt die Holzschuhe in der Hand, blickte lächelnd zurück. Sie kamen vor ihrer Wohnung an.

«Komm, du mußt dich trocknen», sagte sie, und Jean Calmet fand sich wieder im engen Hausflur, im Treppenhaus, und sah das Kärtchen an der Tür:

THÉRÈSE DUBOIS
STUDENTIN

Sofort war sie neben ihm, das Gesicht erhoben, die quellgrünen Augen in seinen Blick getaucht, und einige Sekunden spürte Jean Calmet wieder ihre Zärtlichkeit. An einer Art Bresche, die sich in ihm auftat, erkannte er, daß sich das Mysterium entfaltete und die Wunden heilte. Wälder, Katzen, Vögel, Zauberwege im Morgengrauen, Dörfer hinter Smaragdhügeln, Luzernen im fahlen Licht, durch das der Wind hüpft. Thérèse kam näher, ihre nassen Haare strichen um seinen Mund, er legte seine Lippen auf ihre Stirn, von der ein warmer Regen rieselte.
Eine Weile blieben sie reglos, wortlos. Sie standen am offenen Fenster, und das Gewitter trommelte immer noch auf die glänzenden Dächer des Gymnasiums.
Dann löste sie sich von ihm, schloß das Fenster und knöpfte sich das Hemd auf:
«Jetzt eine Dusche», sagte sie. «Ich schlottere.»
Jean Calmet würde sich nie an das rasch entschlossene Handeln gewöhnen. Blitzschnell sausten die Kleider in einem Bündel in die Ecke, sie stand nackt und geschmeidig da, lief in das Badezimmer, das Wasser begann zu zischen.
«Jean! Reib mir den Rücken, ich friere!»
Thérèse saß in der Badewanne.
Haare, Haare, all das unbändige Gold auf der Schulter, die sich unter der Dusche rötet, der Rücken höhlt sich und bietet sich dem Strahle dar.
Jean Calmet hat sich auf den Wannenrand gesetzt.
«Seife mich ein», sagt Thérèse.

Sie gleicht einem kleinen Mädchen, sie begießt sich die Schultern, legt die Dusche unter das Wasser. Streckt sich, reckt die Beine, setzt sich auf, stemmt den Rücken behaglich gegen das Wannenende, kreuzt die Schenkel, schaut Jean mit fragendem Blick an.
Jean Calmet hat Angst. Wenn ihn sein Vater sähe. Wenn ihn das Auge des menschenfressenden Ungeheuers auf der Stelle tötete. Ihm Thérèse nähme. Ihn vernichtete, ihn, den Jüngsten; und das schallende Gelächter widerhallte in Jean Calmets Ohren.
Trotzdem nimmt er die Seife und läßt sie über den Hals der Fee gleiten, seine Hand berührt die Muskeln, drückt sie, die Finger folgen den Schlüsselbeinen und fahren über die glatte Kehle.
Leierform der Schultern.
Schlupfwinkel der Achselhöhlen.
Paßweg der Arme, bis hin zu den sich bäumenden Handgelenken, zurück zum Gekräusel der Achseln, zu den Schlüsselbeinen, dem weichen Weg zum Nakken, im Vorbeigang schiebt man das Haar fort, streicht über die Decke mit dem goldenen Geriesel, man berührt mit den Fingern die Rückenwirbel, Thérèse prustet und schnaubt, es geht zurück zum feingeschnittenen Hals.
Elastischer Hals. Zerbrechliche Schlüsselbeine.
Widerspenstige Brüstchen. Die Hand gibt nicht nach, fährt rund herum, der Daumen zerdrückt den Warzenhof, hebt sich weg, die Hand erfaßt die saftigen Früchte, federt, die Kugeln bleiben straff.

Die Hand senkt sich, spürt die Rundung der Hüften. Das Becken hebt sich, schenkt sich wie ein Korb voll von Wundern. Bauchnabel voll Seifenschaum. Schneeiges Schamvlies: wie eine strahlende Blume. Lange Beine, schlanke Finger, die Jean Calmet abzählt wie beim Knöchelspiel, befühlt wie die glatten Perlen an einem warmen Rosenkranz, mein Mädchen, mein Mädchen, dich liebe ich, mein Zartes, mein Kindchen, ich bete den rosigen Kranz deiner Nägel, Däumling, ich streue deine Fingerchen in den Wald, dank dir werde ich den Weg wiederfinden...

Dann trocknete Jean Calmet sie mit einem großen, roten Frottiertuch ab.

Dann kämmte er das triefende Haar. Dann stellte er den Föhn auf ‹heiß› und sah überrascht, wie die steif und dunkel gewordenen Haare im heißen Hauch wieder hell und geschmeidig wurden.

Dann stellte er den Föhn auf ‹kalt› und streichelte damit liebkosend Kopf und Hals, von nah, von weiter weg, fuhr über den Nacken, bestrich mit dem herben Hauch die Schultern, kam zurück zu den Schläfen, zur Stirn, baute neue Formen der Haare, die sich im Luftstrom krümmten und bogen, stieg bis zum Scheitel, meine Melusine, meine Ophelia, fand wieder die augenfällige Furche zwischen den Schultern mit den goldenen Flaumhärchen, die auf den Goldschopf zuliefen, der dem Blasrohr des Föhns entflatterte, er brachte die Flanken zum Frösteln, umkreiste die Brüste, die zur Gänsehaut erschauerten, verweilte auf den braunen Warzenhöfen, die schrumpften und sich mit harten Körnchen bedeckten. Und was fühlte er, Jean Calmet, während den Spielereien? Er sah, wie Thérèse verwirrt wurde, und mit einer Art Erbitterung wollte er den seidigen Körper entflammen, ohne dabei auch nur einen Augenblick sich selber zu begeilen. Zuerst hatte er seinen Vater gesehen, der ihn spöttisch betrachtete: ‹Du suchst die Sinneslust, Jean Calmet, du weißt, das geht nicht. Das Naschwerk gehört mir. Laß ab vom Mädchen. Du weißt, du kannst sie nicht haben.› Und der Doktor lachte unter der Zimmertür. Jean Calmet fuhr trotzdem weiter, unablässig, und war sich bewußt, daß er immer gewagtere Spielchen erfand, je mehr die Scham in ihm aufstieg: impotent bin ich, ich mache sie scharf bis ins Mark und bleibe lendenlahm. Die Erniedrigung trieb ihm die Tränen in die Augen. Der Föhn verfolgte einen eingebildeten Feind zwischen den Schulterblättern von Thérèse, die sich vornüberbeugte, um das Schmeicheln und Streicheln der Luft voll auszugenießen: wie eine Feder war sie gespannt, atmete schnell, ergab sich, kribbelnd vor Begierde, war schön, unwirklich schön, und Jean verabscheute sich. Mein Vater würde sich diese Beute nicht entgehen lassen. Er stellte sich den gereckten Phallus des alten Mannes vor, den knolligen Stab, die dicke, violette Eichel auf die saftrote Feige gerichtet, die Knüppelkuppe näherte sich, zielte gierig auf den rosigen Schlund, drang ein und weckte Schluchzen und Freudenschreie...

Thérèse keuchte zärtlich.
«Jean, komm in mein Bett, komm zu mir, Jean», sagte sie; schmiegte sich an ihn, preßte ihre Brüste an ihn, umschlang seinen Hals, zog seinen Kopf an sich, nahm seinen Mund in ihren Mund.
Mit dem Tod in der Seele ließ sich Jean Calmet zum Bett lenken und wie ein Kind auf den Rücken fallen. Er hielt die Augen geschlossen, ein schmachvoller Haß würgte ihm in der Kehle. Sein Magen verkrampfte sich. Ekel. Wut. Mein Vater hat sich Liliane genommen, ich habe die beiden überrascht, sie stand nackt am Fenster, er fingerte an ihren Brüsten... Sie hat die geschwellte Eichel des Doktors berührt, gepflückt, gesuckelt. Jean Calmet blieb die Luft weg vor Trauer und Schmerz. Impotent. Unter der Tür lachte sein Vater aus vollem Hals. ‹Benjamin! Nimm dich zusammen! Zeig, was du kannst...!›
Jetzt entkleidete ihn Thérèse mit sanfter Sicherheit. Knöpfte das Hemd auf, zog es ihm aus, Jean Calmet fühlte die flinken Finger auf seiner Haut, dann schloß eine Hand den Gürtel auf, öffnete die Hosen, streifte über die Hüften, kam zurück zum Bauch und fuhr schon unter den Slip... Voll Haß löste sich Jean Calmet aus der Umarmung. Er stand auf, schloß seinen Gürtel, ging aus dem Zimmer, ohne einen Blick auf das Bett, knallte die Türe zu. ‹Das ist das letzte Mal. Ich sehe sie nie mehr›, sagte er sich, als er die Treppe hinabging. Nie mehr. Nie mehr. Ein Schluchzen der Schande und Verzweiflung stieg in seine Kehle. Er

fand sich in der Straße wie ein Gespenst. Die Nacht kam. Es regnete nicht mehr, aus dem Schulhof des Gymnasiums stieg ein Duft von sauberer Erde und nassem Laub, der ihm ans Herz griff.

Jean Calmet ging die Straße hinab und wandte sich nach der Kathedrale dem Pont Bessières zu. Er schritt mit gesenktem Kopf und wiederkäute seine Pein. Plötzlich, als er aufblickte, bemerkte er Bloch, einen ehemaligen Mitschüler, Jacques Bloch, der Apotheker, der auf dem gleichen Trottoir aus der andern Richtung kam. Aus einigen Metern Entfernung lächelte Bloch ihm zu und grüßte, als er vorbeiging.

«Dreckjude!» sagte Jean Calmet mit hörbarer Stimme. Kichernd ging er weiter und wiederholte deutlich: «Dreckjude!»

Dann trat er zum Brückengeländer und schaute in den Abgrund. Seine Gemeinheit und das Schwindelgefühl weckten einen aasigen Ekel. Auf den Fußspitzen stehend kotzte und kotzte er bittere Galle.

Drei Tage vor seinem Tod – es war Freitag, der 15. Juni – wachte Jean Calmet schon früh auf und dachte mit Abscheu an den Abend zuvor. Wohlverstanden, er wußte nicht, daß er so bald sterben würde, und er konnte annehmen, daß er dieselben Bewegungen machen, dieselben Kümmernisse erleiden und auskosten würde, seine Verrichtungen erledigen würde wie an jedem andern Tag.

Er ging zu Fuß zum Gymnasium und kehrte im Evêché ein, um einen Kaffee zu bestellen. Als er zahlen wollte, spielte er auf dem Tisch mit einem Fünffrankenstück und schaute es plötzlich mit erschrockener Aufmerksamkeit an. Etwas wenigstens, das er noch nie richtig angesehen hatte! Auf der Kopfseite des dicken Talers strahlte der Mann, der die Schweiz verkörperte, eine geruhsame Kraft und eine Sicherheit aus, die ihn kränkten. Er war im Profil: friedfertige hohe Stirn, regelmäßige Nase voll gespannter Kraft, schmaler Mund, entschlossenes Kinn. Kehle und Oberkörper, über denen sich das Hirthemd öffnete, waren muskulös; der Kopf mit dem Stirngekräusel stak in einer Kapuze, wie man sie stets an den alten Schweizern zeigt, auch an Wildheuern, Jägern, bei guten und glaubensstarken Holzfällern. Aber der Mann war glattrasiert, was ihn von den Schildereien um Wilhelm Tell abhob und ihn unserem Zeitalter näherbrachte. Und das Gewicht des Metalls, die lange Inschrift, die den Kopf umkränzte: CONFOEDERATIO HELVETICA, die herbe Schönheit des Mannes, die regelmäßigen Gesichtszüge verliehen ihm eine heitere Kraft, die Jean Calmets Einsamkeit noch verschlimmerte.

Er zahlte wütend und warf das Wechselgeld in die Jackentasche.

CONFOEDERATIO HELVETICA. Er war auf dem Weg in eine Lateinlektion. Das Profil des Mannes verhöhnte ihn. Warum sagte er sich immer den Text der Inschrift vor, die in ihrer schlichten Ruhe so anmaßend war? Ach ja, Latein war die Sprache der Väter. Die heilige Sprache, die Sprache der Macht und der Unzerstörbarkeit. Und er, Jean Calmet, würde bald wieder lateinisch vorlesen, übersetzen, kommentieren und Lateinaufgaben verteilen. Wie eine Kellerassel, wie eine Wegschnecke würde er auf diesem ewigen Monument herumkriechen. Er würde seine Dreckpfoten, seine Kiefer, seine Schuppen, seinen Schleim über den heiligen Stein schleifen! Wer bist du eigentlich, Jean Calmet, daß du es wagst, die Wohnstatt deines Vaters zu entweihen? Glaubst du je Einlaß zu finden? Sie widersteht! Sie wehrt sich! Sie beherrscht dich, die Festung! Aus der Höhe der Zeiten, aus der Tiefe der Kraft sieht sie auf dich herab, du armseliges Insekt zu ihren Füßen, das sich abmüht und die Haut ihres Gesteins anknabbern möchte!

Niedergeschmettert hörte Jean Calmet die fürchterliche Stimme in seinen Ohren dröhnen. Lateinlehrer! – Lateinlehrer? Schämst du dich nicht, Schwächling? Du bist schmierig, engbrüstig. Und seit Jahren wagst du, meine Mauern zu beschmutzen, dir Teile meines Hauses anzueignen. Die Sprache der Väter, Jean Calmet! Du findest keinen Einlaß mehr! Du hast kein Recht dazu, hörst du. Sie gehört den Starken, diese Sprache. Den Mächtigen der Erde!

Jean Calmet war stehengeblieben. Gruppen buntgekleideter Schüler zogen mit lautem Geplauder an ihm vorbei. Er wandte sich um: dreißig Meter hinter ihm kam François Clerc. Mit ihm sprechen? Ihn um Hilfe bitten? Wozu? François Clerc hatte den Schrecken nicht gekannt. Er könnte ihn nicht verstehen. Er gab seine Stunden, schrieb Gedichte, war großmütig und stark. Jean Calmet ging weiter, und als er den Vorplatz der Kathedrale erreichte, huschte er schnell nach rechts und verbarg sich eine Weile in der Eingangshalle der Cinemathek.

«Ich kann nicht. Ich kann nicht hingehen», sagte er sich. «Heute ist Vergil, eine dritte Klasse. Ich kann nicht.»

Er trat aus der Halle, vergewisserte sich, daß ihn niemand sah, eilte schnell in das Pomme de Pin, und vom Wirtshaus aus telephonierte er ins Gymnasium, daß er heute morgen krank sei, sicher auch noch Samstag, daß er aber am Montag unfehlbar komme. Madame Oisel erinnerte ihn daran, daß das schriftliche Examen am Montag früh um acht beginne, und daß er bereits vor einigen Wochen für eine Maturklasse als Aufsichtslehrer bezeichnet worden sei. Jean Calmet versprach zu kommen und hängte auf.

Er war frei. Er begann zu atmen.

Auf einmal fand er es nötig, sich davon zu überzeugen, daß die Asche des Doktors immer noch hinter dem Gitter des Kolumbariums eingesperrt war. ‹Er ist doch gewiß tot, der Dreckkerl›, dachte er. ‹Ein Häuflein Asche. Ich lasse mich nicht zum Narren halten.› Und durch besonnte Straßen ging er hinunter zum Krematorium.

Er fühlte sich wieder fast gut, als er beim Friedhof ankam.
Efeu glänzte an den alten Mauern. Jean Calmet folgte einer Allee. Spatzen flatterten über dem Rasen. Amseln hüpften durch die Blumenbeete mit Schwertlilien und Rosen. Jean Calmet blieb stehen und schaute sie an. Als er sich wieder auf den Weg gemacht hatte, besprengte ihn ein Wasserstrahl, und die Spatzen waren da und badeten ihre Flügel im glitzernden Naß.
Am Ende des Weges zeichnete sich der Kamin des Krematoriums ab.
Jean Calmet stieg eine Treppe hinauf, rechts wuchs das Kolumbarium in die Höhe. Er ging näher. Das Gitter war geschlossen. Er war geblendet und erkannte vorerst nur verschwommene Formen im Schatten. Dann sah er sie: in ihrer Nische stand die große Urne aus Muschelmarmor. Als er sich vorbeugte, konnte er deutlich lesen:

DOCTEUR PAUL CALMET
1894–1972

Gut. In dieser Hinsicht hatte er Ruhe. Aber wenn die Stimme ihn von neuem angriff? Wenn das Auge sein Herz ausforschte? Die Urne war hinter Gittern eingeschlossen, aber der Doktor schien im Raum zu sein, verschlagen, unfehlbar und noch geschäftiger im Tode. Seine Worte donnerten in seinem Schädel und widerhallten in den Träumen. Sein Blick durchbohrte das Gehirn, lähmte seine Schritte, verlachte seine geheimsten Regungen. Lebendig verschlungen wurde Jean Calmet. Er machte eine müde Geste und wandte sich dem Garten zu. Die Sonne war schon weiß, sie stieg aufwärts... Er ging durch den Friedhof und war wieder auf der Straße.

Als ob er noch einmal die Seinen in einem unnützen, alten Familienalbum besichtigen wollte, fuhr er dann mit einem Taxi bis zum Eingang von Les Peupliers. Er trat nicht sofort ein. Er schritt um das Haus herum, ging durch den Garten zum See und folgte der Lorbeerhecke. Die unteren Fenster waren offen. Oben rechts, unter dem Dach, waren die Fensterläden seines Zimmers geschlossen. Gut so. Also durchbohrten die Augen des Doktors die Mauern nicht mehr. Jean Calmet sah sich wieder hingestreckt im Dunkel, wie er zu lesen vorgibt und erwartet, daß ihn der Blick oder die Stimme des Riesen aus dem Schlupfwinkel holt und der Zirkus wieder losgeht. Doch die Fensterläden der Praxis waren ebenfalls geschlossen, und er verspürte darüber frohe Genugtuung. Er ging zur Haustür und klingelte. Seine Mutter öffnete ihm und strahlte vor Freude.

«Du bist es, Jean, mein Kleiner. Du hast heute frei?»

Jean Calmet gab keine Antwort. Er grüßte die Mutter mit einem Kuß, trat ins Vestibül und erkannte sofort wieder den Geruch seiner Kindheit: Sprechzimmer und Keller. Das Desinfektionsmittel, die Arzneien, und jener Moderdunst der Winteräpfel, der aus dem Untergeschoß aufstieg. Er kehrte sich der alten Frau zu und nahm sie in die Arme: ein Bündelchen krummer Knochen, das Gesicht fahl wie ein Hanswurst, die verrunzelte Stirn mit den rosigen Schläfen, an denen die schütteren Haarsträhnen die rissige Haut durchscheinen ließ...

Das Eßzimmer war von der Elfuhrsonne hell erleuchtet. Das lange Uhrpendel schwang im Kasten hinter der Scheibe. Der Tisch glänzte. An der Wand säuberlich aufgereiht waren die Steingutteller, und auf dem Fauteuil am Fenster sah man den Stickrahmen, den die Mutter abgelegt hatte, als er klingelte. ‹Sie wehrt sich›, sagte sich Jean Calmet. ‹Sie versucht, Widerstand zu leisten. Das Alleinsein, das Alter, nichts kann sie hindern. Sie ist gebeugt, findet keinen Schlaf, und trotzdem macht sie den Haushalt, rührt sich und mag immer essen. Gewiß bringt sie ihr Mahl zum großen Tisch. Sie hat ihr Leben lang widerstanden, auf ihre Art, wortlos, scheinbar ergeben; vielleicht ist es Würde? Oder Hochmut? Sie bittet niemand um Hilfe...› Zärtlich betrachtete er die ganze Reinlichkeit, die abgelegte Arbeit auf dem Fauteuil, und als die alte Frau wieder saß, rückte er einen Stuhl zu ihr und nahm sanft ihre Hand.

«Du siehst, ich beschäftige mich, aber ich werde schnell müde...»

Die Venen der Hand quollen hervor, skabiosenblau, die Runzelhaut und die knotigen Handgelenke waren von der Arterienverkalkung verwelkt. Jetzt sprachen sie von ihm; seiner Arbeit, vom Gymnasium. Er berichtete über seine Brüder und Schwestern. Sie hatte vom Pfarrer Besuch erhalten. Sie ging nur noch einen Sonntag im Monat zur Predigt...

Jean Calmet betrachtete die Photos seiner Neffen: sie hatte sie eben erst erhalten, sie suchte nach Ähnlichkeiten, fand Erinnerungen, redete vom Obstgarten, wo niemand die Kirschen gepflückt hatte, so daß sie im Herbst die ganze Apfelernte dem Spital überlassen wollte.

«Da sie niemand ißt...» meinte sie nachdenklich.

Sie sah zu Jean Calmet auf:

«Mein Benjamin», sagte sie, und die grauen, verwaschenen, müden Augen forschten ängstlich in den Augen ihres Sohnes.

Jean Calmet wandte den Kopf und stand auf. Er machte ein paar Schritte, betrachtete die Standuhr, wie wenn er sie zum erstenmal bemerkte, musterte das Holz, das Zifferblatt, das Uhrwerk, das man unter dem bemalten Email durch eine rechteckige Öffnung sah.

Er ging in den obern Stock, öffnete die Tür seines Zimmers, machte aber kein Licht. In der Ecke, vage erkennbar im Schein aus dem Korridor, sah er sein Kinderbett, einen Tisch, eine kleine Bibliothek, in der einige Bücher von damals geblieben waren. Er ging an den Türen seiner Brüder vorbei und kam zum Zimmer der beiden Schwestern. Als er die Türe aufstieß, wurde ihm übel: was suchte er bei all den Gespenstern? Schreie, Schluchzen, Lachen tönte durch den verlassenen Hausflur. Hinten im Zimmer seiner Schwestern, auf einer Kommode, verbreiteten Puppen einen armseligen Schimmer. Betroffen löschte er das Licht, die Puppen verschwanden, er schloß die Türe ohne Geräusch. Er ging an der Praxistür vorbei – *Sprechstunde täglich von 13 bis 19 Uhr, ausgenommen Donnerstag* –, wäre fast eingetreten, kehrte um und traf seine Mutter wieder, die sich nicht gerührt hatte.

Er neigte sich über sie und gab ihr einen flüchtigen Kuß auf die Stirn. Sie erhob sich, um ihn zu begleiten. Würde sie ihm vorschlagen, zum Essen zu bleiben? Sie wagte es nicht. Sie schwieg. Sie stammelte ein «Auf Wiedersehen», Jean Calmet wünschte ihr alles Gute, nahm ihre Hand und drückte einen Kuß darauf. Sie kam mit ihm bis zur Tür:

«Komm bald wieder!»

Er nahm den Trolleybus und begab sich zum Chemin de Rovéréaz, ohne in einer Wirtschaft einzukehren oder wieder auszugehen, aus Angst, daß ihn ein Schüler oder jemand vom Sekretariat sehen könnte.

Zwei Tage vor seinem Tod wußte Jean Calmet immer noch nicht, was ihm bevorstand. Es war Samstag, der

16. Juni. Er wachte wie gewöhnlich früh auf, aber an jenem Morgen ließ ihn der Gedanke an eine Pflicht sofort zum Tisch gehen und das Telephonverzeichnis hervornehmen.

In der vergangenen Nacht war ihm zwischen zwei Träumen die Idee gekommen: er mußte Bloch schreiben. Er mußte ihm Mollendruz erklären. Vom Drama berichten. Ihm nichts verheimlichen von den Wirrnissen der letzten Wochen, er würde verstehen, ihn entschuldigen, dann wäre die Schande weggewaschen. Jean Calmet müßte sich nicht mehr beim Gedanken an die niederträchtigen Bemerkungen das Herz zerreißen.

Er nahm einen Briefumschlag und schrieb von Hand die Adresse:

Monsieur Jacques Bloch
7, avenue du Théâtre
1005 Lausanne

Dann begann er den Brief.

Mein lieber Bloch,

schrieb er. Aber die Wendung paßte ihm nicht. *Lieber*, nach der Beleidigung jenes Abends? Gleich nach dem Öffnen würde Bloch den Brief zerreißen! Nicht doch. Bloch war gut. Bloch verstand. Man mußte Bloch vertrauen. Schließlich war er ein ehemaliger Schulkamerad, er konnte doch die Erklärung, die alles klipp und klar darlegte, nicht einfach zurückweisen.

Jean Calmet las noch einmal die Anrede durch und schrieb weiter.

Mein lieber Bloch,

Zweifellos warst Du erstaunt, vorgestern auf dem Pont Bessières

Er hielt inne. *Erstaunt*... Das war tatsächlich gelinde gesagt. Seit viertausend Jahren beschimpfte man Bloch. Seine Vettern in Polen waren in den Öfen gelandet. In Paris hatte sein Großvater den gelben Stern getragen. *Erstaunt?* Das hieß ihn ein zweites Mal verbrennen, ihn foltern, deportieren, seine Kinder, seine ganze Rasse vernichten. Von Mollendruz sprechen? Aber was hatte Mollendruz damit zu tun? Er selbst, Jean Calmet, hatte den paar lächerlichen Stunden nicht widerstanden. Ihn hatte das Hitlerbild noch im Schlafe verfolgt. Er hatte sich für seinen Schimpf zu rächen geglaubt, als er bei der Flucht aus Thérèses Wohnung der erstbesten Person eins auswischen wollte. Er war, wütend über seine Schwachheit, zum Judenfresser geworden. Menschenfresser-Ofen, dachte Jean Calmet. Mengele-Moloch. Mollendruz-Fledermaus-Moloch. Weicher Vampir. Jean Calmet-Moloch. Und ich bin es aus Rache. Welche Niedertracht.

Er nahm seine Feder und zwang sich zum Weiterschreiben:

... auf dem Pont Bessières, als Du hören mußtest, daß man Dich...

Nein, das ging nicht. Er konnte doch die Schweinerei

nicht auch noch schreiben. Er mußte sich kürzer fassen. Nichts in Erinnerung zurückrufen. Ein Wort nur schreiben, einen Aufschrei des Herzens, Bloch wird zwischen den Zeilen zu lesen wissen und erkennen, daß ich unglücklich bin. Ich wollte gar nicht Dich treffen, Jacques Bloch, auf mich hatte ich es abgesehen. Ich schreibe erst am Nachmittag. Er zerriß das Blatt und legte den Umschlag gut sichtbar auf den Schreibtisch. Er klebte sogar die Marke darauf, aber er wußte nicht, daß der Brief ungeschrieben bleiben und der Umschlag bei den versiegelten Dokumenten des Friedensrichters landen sollte, mit der ungestempelten Marke, zwischen den Lateinvorbereitungen und den letzten Zirkularen an die Altphilologen des Gymnasiums.

Am Nachmittag, der ohnehin frei war, ging er in die Stadt und ließ sich bei Monsieur Liechti rasieren. Voll Freude streckte er sich im Frisierstuhl aus, ließ sich geruhsam einseifen und fühlte die Klinge prikkelnd über die Haut fahren.

Er schrieb Bloch nicht mehr.

Er schlenderte durch die Gäßchen um die Place de la Palud.

Bei der Louve war er unschlüssig, ob er zu Pernette gehen sollte, und verzichtete schließlich: sie hatte wohl ihre Samstagskunden, Italiener, Spanier, er fühlte sich überzählig, irrte weiter umher, aber noch stundenlang trauerte er dem fettglänzenden Fleisch und den roten Grenadinelippen nach. An einem Kiosk

am Zentralplatz kaufte er den *Satiricon* als Taschenbuch und warf ihn hundert Meter weiter in ein Senkloch. Eben hatte er sich erinnert, daß er das Latein nicht beschmutzen durfte. Er hatte keine Lust, sich mühsam vom Gegenteil zu überzeugen.
Er ging nach Hause.
Er war vom Umherirren in den Straßen erschöpft. Er fröstelte im warmen Zimmer. Er schlief früh ein.
In jener Nacht hatte er keine Träume, wenigstens glaubte er es, und er ruhte sich völlig aus.

Am nächsten Tag, es war Sonntag, der 17. Juni, masturbierte Jean Calmet beim Aufwachen, und bei seinem dürftigen Vergnügen erinnerte er sich an die Witzeleien seiner Kameraden im Militärdienst: ‹Es ist einfacher als eine Frau ficken. Da muß er nicht hart sein. Und man braucht auch nicht die ganze Mechanik.› Gelächter. Aber sie hatten ihre Frauen. Ihn ekelte. Mit schmierigen Fingern ging Jean Calmet ins Badezimmer und betrachtete sich flüchtig im Spiegel.
Er legte sich wieder hin.
Schlief noch einmal ein.
Als er erwachte, läuteten die Kirchenglocken, und er stellte sich die Gruppen der Kirchgänger auf dem Platz vor, den Pfarrer im Talar, der aus der Sakristei kam und langsam die Stufen zur Kanzel hinaufschritt, das kalte Kirchenschiff, in dem die Psalmen hallten. Er verbrachte den Tag mit Nichtstun. Soll

ich Bloch schreiben? Morgen. Er schrieb auch Thérèse nicht, wie er sich verschwommen vorgenommen hatte. ‹Mit ihr ist alles vorbei. Was soll ich ihr das erklären, was ich ihr im Bett nicht sagen konnte?› Dann begann er zu wünschen, sie zufällig auf dem Weg ins Gymnasium zu treffen. Würde sie ihn grüßen? Gewiß, sie käme zu ihm, die Bäume wären vom Licht überrieselt, Wind würde wehen, ein blauer Himmel läge auf den Dächern, und eine Terrasse wäre da, auf die man sich setzen und Bier trinken könnte. Sie wären Freunde. Der Sommer wäre lang. Und im kommenden Herbst, bei Schulbeginn, würde er die Welt mit klarem Blick ansehen.

Am Tag seines Todes, es war Montag, der 18. Juni, stand Jean Calmet nicht auf. Allerdings konnte er nicht wissen, daß sein letzter Tag gekommen war. Trotzdem gab es Zeichen, die ein gewitzigterer, oder ein weniger unsicherer Mann, klarer zu deuten gewußt hätte.

So rief er zum Beispiel nicht im Gymnasium an, und bei seiner Gewissenhaftigkeit wäre eine solche Taktlosigkeit ihm normalerweise unverzeihlich dumm erschienen.

Halb sieben. Er lag ausgestreckt im Bett, fühlte sich matt und träumte vor sich hin. Was sollte er an diesem Vormittag anfangen? Nichts, wirklich nichts. Sollte er trotzdem telephonieren? Er hatte nicht die

Kraft dazu. Unmöglich. Ein Geschmack von dreckigem Speichel. Eine phosphoreszierende Müdigkeit wie nach einem langen Nachtmarsch.
Hatte er geträumt? Er erinnerte sich nicht. Kein Alptraum. Kein Fieber. Kleistriges Weiß.
Er nahm sein Glied in die rechte Hand und dachte an die Dienstkameraden. Einfachere Mechanik. Einfacher.
Aber keine Scham, diesmal.
Papiertaschentuch mit Menthol.
Halbschlaf.
Später kleidete sich Jean Calmet nicht an. Er war im Pyjama geblieben: ein grauer Pyjama mit blauen Streifen, aus Nylon, den ihm seine Mutter zu Weihnachten geschenkt hatte. Er schritt im Pyjama von einem Zimmer ins andere, mit nackten Füßen, betrachtete Bücher und Papiere, ohne etwas zu sehen.
Er hatte die Storen heraufgezogen; die Gärten von Rovéréaz warfen grünes Licht in seine Wohnung. Es war halb acht Uhr. Die Leute eilten der Stadt zu. Jean Calmet rührte sich nicht. Ein weiteres Zeichen. Einige lange Minuten stand er an einem Fenster und schaute, wie sich in den Haselnußbüschen beim Kiesweg am Eingang Blätter und Vögel bewegten. Dann setzte er sich an seinen Schreibtisch und schob Kugelschreiber auf ein Löschblatt.
Es war acht Uhr, als er sich ins Badezimmer begab. Er öffnete sein Rasierzeug. Die Klinge glänzte im Metallkopf. Er nahm sie heraus, schraubte den Ra-

sierapparat wieder zusammen und legte ihn in die blaue Schachtel zurück.
Er nahm die Klinge und legte sich wieder ins Bett.
Einen Moment betrachtete er sie im Licht, mit ausgestreckter Hand, sie zeichnete eine rechteckige Silhouette, deren Ränder strahlten. Und nun handelte er rasch, mit erstaunlicher Bestimmtheit für jemanden, der seit Tagen herumlungerte.
Zwischen Daumen und Zeigefinger der rechten Hand hielt er die Klinge, er legte sie auf das linke Handgelenk, und mit der Schneide streichelte er zwei Zentimeter von der Hand die Sehnen und die hervorstehende Arterie. Die Klinge war gut geschärft. Jean Calmet fühlte die Schneide in die Haut eindringen, er fröstelte wider Willen und schaute auf den Unterarm: eine schmale rote Linie füllte sich mit Blut, dort, wo die Klinge geritzt hatte. Er legte sie, obwohl er dazu schrecklich Lust hatte, nicht auf den Nachttisch.
Und so nahm das Schicksal seinen Lauf.
Plötzlich, mit außerordentlicher Kraft, konzentrierte er sich auf einen einzigen Punkt, er drückte auf die Klinge, stieß sie in das linke Handgelenk und zerschnitt langsam die Pulsader und das Fleisch.
Dann riß er sie aus der Wunde, nahm die Klinge zwischen Daumen und Zeigefinger der Linken und schnitt in das rechte Handgelenk.
Sorgfältig legte er die blutige Klinge auf das Tischchen neben der Lampe und den Büchern.
Zu seinem Erstaunen war das Blut nicht hervorge-

spritzt. Es sickerte warm, dick, es war wie ein Saugen, das ihn mit einem leichten Brennen an den beiden Wunden kritzelte. Er bemerkte, daß er nichts dachte: seit einer Minute handelte er mit genauen Bewegungen, die seine Aufmerksamkeit in Anspruch nahmen. Er strengte sich an. Das Blut floß nicht schnell genug, man mußte nachhelfen. Er ließ beide Arme aus dem Bett hängen und blieb reglos, die Arme gestreckt, während zwei scharlachrote Bächlein über die Handteller quollen und von den Fingern trieften.

Jean Calmet wartete, und jetzt überstürzten sich seine Gedanken mit lauterer Klarheit. Er litt nicht. Es war ein Durchgang und Übergang, in dem er fröstelte wie im Schoß der Schatten. Gesichter und Gegenden tauchten auf: ein junges Mädchen, das in einer Wirtschaft strickte, sie hatte arabischen Schmuck aus verschnörkeltem Metall um den Hals. Verret hingestreckt im Lehrerzimmer. Ein Igel mit leuchtender Nase unter dem Mond. Der Baumgarten von Lutry, eine Blindschleiche war von einer Sichel entzweigeschnitten, die kupfernen Hälften hatten sich in der Sonne gekrümmt...

Sein Denken wandte sich wieder den Handgelenken zu. Das Blut floß fast nicht mehr. Es begann zu stokken, zweifellos wegen der trockenen Luft dieses Sommermorgens. Jean Calmet erinnerte sich, daß man die Arme in heißes Wasser tauchen mußte, um das Ausfließen zu erleichtern.

Als er aufstand, sickerten die zwei roten Bächlein von

neuem, er war befriedigt, sah jedoch mit Widerwillen, daß das Blut bereits zwei klebrige Pfützen auf dem Boden gebildet hatte, und er überlegte, wer sie später aufputzen würde. Es wurde ihm übel. Er fragte sich, ob er noch gehen konnte. Ein schwarzer, schmerzhafter Flügel strich durch sein Hirn wie eine Migräne, Zangen zwackten ihn über dem Ellbogen und an den Schenkeln.

Mit vorgestreckten Handgelenken erreichte er das Badezimmer und kniete vor die Wanne. Das Blut hatte die Pyjamaärmel befleckt. Jean Calmet schob sie zurück und drehte den Wasserhahn auf. Bluttropfen fielen auf den Emailbelag und zerfaserten auf dem klaren Weiß zu Sternchen. Der Hahn machte einen Höllenlärm: Jean Calmet drehte zurück und hielt seine Handgelenke unter den Strahl. Jetzt spritzte das Blut. Die ganze Badewanne war rot übersprenkelt. Nur mit äußerster Anstrengung konnte er sich auf den Knien halten, den Rumpf aufrecht, die Arme vorgestreckt, während ihm der Wasserhahn den Schädel durchbohrte und Geräusche auf ihn einbrandeten: der See toste gegen die Mole, wie in den Gewitternächten in Lutry, die Glocken der Altstadt hallten, und der Brunnen rauschte auf dem Platz vor dem Großratsgebäude, in dem am Abend die Tauben trinken und baden, Stühle knarrten, und Gelächter schallte, und alles schläferte sein Herz und sein Gedächtnis ein. Es war ihm bewußt, daß er sich in das Weiß des rotbespritzten Emails neigte, er versuchte,

sich ruckartig aufzurichten und fiel wieder vornüber, und die immer noch vorgestreckten Arme rissen an ihm wie unerträgliche Lasten. Seit langem spürte er das Wasser nicht mehr.
Er fühlte nicht länger das Blut ausfließen. Er schloß die Augen. Einschlafen. Sanft einschlafen. Er war dabei, das Bewußtsein zu verlieren und klammerte sich an den Wannenrand. Er schaute: seine Augen auf das Email gerichtet, sah er sein Blut in Scharlachstriemen, in unentwirrbaren Netzen, in rieselnden Schrammen, die sich drehten und kreuzten, sich schnitten und verwickelten wie unleserliche Sternbilder über ihm. Stern! Der gelbe Stern! dachte er, wieder der Stern! und er fragte sich, ob Bloch ihm wohl je die dreckige Bemerkung vom Pont Bessières verzeihen würde. Dann riefen ihn die Schwestern. Er spielte im Garten. Er mußte zum Imbiß ins Haus. Mit unendlicher Mühe konnte er die Terrasse erklimmen, er schleppte sich durch den Baumgarten, lehnte sich zum Ausruhen an die Bäume, mit geschlossenen Augen, und fühlte die Äste über sich schwanken. Apfelbäume. Es waren Apfelbäume, und Simons Meisen sangen im leuchtenden Laub.
Er sackte zusammen, ließ die Arme fallen, sie schlugen gegen den Rand, und das Blut spritzte wie Springbrunnen hervor, überraschend schnell. Verwirrt wollte sich Jean Calmet erheben, der Fallgrube, dem hallenden Raum schleunigst entkommen, um Hilfe rufen, schnell! schnell! Er versuchte seine Arme

zu sich zu holen, um sich aufzustützen: unmöglich. Er fiel zurück. Nun rollten die Tränen über seine Wangen, er hatte die Augen voll brennenden Salzes, er weinte, er hustete wie ein verzweifeltes Kind. Wenigstens das Wasser abstellen! Aber der Arm gehorchte nicht mehr. Der Kopf fiel zurück, die Tränen mischten sich auf dem Email mit Blut, und schwere Seufzer würgten sich mit heftigem Schmerz aus der Kehle. Er sah wieder die Gruppen schöner junger Leute, man lächelte ihm zu, es war im Café de l'Evêché, dann in einem Schulzimmer mit vergilbten Wänden, er dachte noch an Isabelle, die abmagerte. Dann stürzte er erschöpft hin wie in sein Grab.

So war das Sterben Jean Calmets.

Er hatte dazu fünfundzwanzig Minuten gebraucht.

In der Cité begann zur selben Zeit das Examen. In aller Eile hatte man Jean Calmet ersetzt, einer der Dekane hatte an seiner Stelle die Aufgaben verteilt und beaufsichtigte von seinem Pult mit den uralten Tintenklecksen aus das Zimmer 17. In der zweitletzten Reihe schimpfte Marc bereits über seine Tacitus-Übersetzung, die Jean Calmet ohne Überzeugung ausgewählt hatte.

Hundert Meter davon erwachte Thérèse in ihrem Stübchen. Sie nahm sich Zeit. Der Tag blinzelte durch die Fensterläden. Ein Junitag. Auf dem Teppich glich der zusammengerollte Bettüberwurf einem Goldklumpen.

In Lutry war Madame Calmet längst aufgestanden.

Sie hatte ein Stückchen Brot geknabbert, Tee getrunken, ihren Haushalt gemacht, dann hatte sie sich angezogen und gekämmt. Jetzt saß sie in ihrem Fauteuil, unbeweglich, und schaute in das Licht des Fensters.